heimat-verlag lübben

michael klein

künstlerpech

vorwort

luft 37, wasser 27, blauer, wolkenloser himmel, unwetter im westen. typisches waldbrand- und badewetter in der lausitz, aber keine guten konditionen für hauptkommissar kieselbach von der wasserschutzpolizei in lübbenau, um ein schwerverbrechen aufzuklären.

dazu kommt die drohende polizeireform in brandenburg. landesweit wackeln polizeidienstellen und wachen. gestandenen ortschaften wie lübben, calau, guben, etc. droht mit beginn der tagesschau die allabendliche abkopplung vom staatlichen sicherheitssystem. verschwindet nach 20 uhr eine kuh in calau, versinkt vor der schloßinsel in lübben ein kahn, dann rücken in zukunft fachkräfte aus königswusterhausen, cottbus oder frankfurt an, im zuge einer europäischen harmonisierung eventuell auch einheiten aus krakau. gemeinsam sind diesen ermittlern detaillierte kenntnisse lokaler besonderheiten und eine extrem hohe motivation durch intensive reisetätigkeit im blaulichtmillieu. opfer werden auf diese art zum zweiten mal geopfert, und die täter plündern nach der tankstelle noch einen supermarkt und zwei einfamilienhäuser, denn der startschuss für den polizeilichen gegenschlag fällt, innenpolitisch beabsichtigt, quasi auf der anderen seite der weltkugel.

gut, die rote armee wird dieses schutzvacuum in brandenburg vorläufig nicht zu einer erneuten invasion nutzen, aber der normale landesbürger sieht seine standortreduzierte, finanzkastrierte und dezimierte polizei nur noch als getarnte radarfallenbetreiber, als ferngesteuerte, kostenneutrale protokollschreiber mit internet-portal, als zu-spät-helfer und präventiv-versager im laptop-format, als virtuelle freunde und helfer, jederzeit erreichbar unter: www.heile-heile-gaenschen.de

vetschau, im juli 2010

abgang

„endlich wieder sitzen", schnaufte kiekebusch und krachte sich in den wartenden kahn. vor und hinter ihm robbten weitere uniformierte gestalten schwerfällig zwischen die reichlich eng geräumten bänke. vom festzelt, in dem man knappe zehn stunden gehockt hatte bis hierhin, zur ablegestelle, waren es exakt 158,5 meter.

„immer noch erbärmlich wärmlich", knurrte henzka, die erste trompete. „mir klebt die hose dermaßen in der kimme..."

„was spricht eigentlich die turmuhr?" erkundigte sich hartung, die querflöte.

„2 uhr 35", erklärte kiekebusch und fischte seine pauke vom landungssteg. der mond stand goldgelb und in voller pracht am wolkenlosen nachthimmel über leipe und beleuchtete die abfahrt der freiwilligen feuerwehr lehde, abteilung blechmusik.

„trotzdem, superfete", verkündete blaschke, die posaune, „selten so gelacht." fittkau, die tuba und kaum größer als sein instrument, stolperte an ihm vorbei und verabschiedete sich richtung fließ. mit mühe konnte blaschke den zwerg davon abhalten sich selbst zu ertränken.

„wer nicht saufen kann, soll´s bleiben lassen", dröhnte der lebensretter.

„das sagt der richtige", konterte kiekebusch. „wer ist denn zwei mal hackezu auf der damentoilette gelandet, der kleine oder du, blaschke?"

„aber nur weil irgend so´n komiker die türen ausgewechselt hat."

„du solltest mal die brille wechseln", gab kiekebusch zurück, während fittkau für einen kurzen moment auf der bank neben blaschke platz nahm und dann geräuschlos unter den tisch rutschte.

„der hat´s gut", murmelte blaschke während er versuchte fittkaus tuba zwischen zwei bänke zu quetschen. „rollt sich zusammen wie´n iltis und knackt weg."

„stinkt auch wie´n iltis", maulte kiekebusch.

„der ganze kahn stinkt", gröhlte henzka, „wie´n siamesischer wanderpuff."

„aha, hier spricht der fachmann", spottete die pauke.

„und ob", verteidigte sich die erste trompete.

„alter schwätzer", plärrte die posaune. „du warst doch nie weiter als senftenberg."

„von wegen", verteidigte sich die trompete. „meine schwester wohnt in tegel."

„alle mann an bord?" bellte bräsemann vom heck her dazwischen.

„keine ahnung", verkündete gornow, die pikkolo-flöte.

„abzählen, aber dalli", kommandierte bräsemann.

„bis wohin?" erkundigte sich ein witzbold.

„bis wir wissen, ob alle spritnasen an bord sind."

„eins", begann kiekebusch. bei ´zwölf´ kehrte für einen kurzen moment stille ein.

„na wunderbar, alle vollzählig", knurrte bräsemann, der bandleader und kahnbesitzer. „vorsicht an der bordsteinkante, der intercity legt in wenigen sekunden ab."

rasselnd polterten die beiden sicherungsketten in den fußraum des kahns, auf rudel und ersatzrudel. die rückfahrt erfolgte mit motorkraft, illegal natürlich. mit einem kräftigen armschwung warf bräsemann den japanischen viertakter an und zauberte eine messerscharfe kurve auf den schmalen flußlauf.

„mach halblang", rief fittkau, „ sonst gibt´s gleich wassermusike."

„oller hosenschisser", rief bräsemann und drehte den motor auf. der kahn glitt an der ´spreewälderin´ vorbei, wo es nachweislich die besten plinsen weit und breit gab, zischte am ´spreewaldeck´ entlang, das in letzter zeit nur noch durch seine lage imponierte und bog dann scharf links ab in richtung schleuse. das obere tor war weit geöffnet. wie ein torpedo schoss der kahn in die schleusenkammer.

„das wird nix!" brüllte henzka und klammerte sich an seine bank. frontal schlug der kahn gegen das untere, geschlossene schleusentor. ein heftiges, dumpfes scheppern zerriss die nächtliche stille. sämtliche passagiere wurden nach vorne katapultiert und hingen wie nasse säcke über den sitzen ihrer vorderleute.

„mein gebiff", nuschelte kiekebusch und tauchte in richtung boden ab. „scheife, mein gebiff ist wech."

„wünsch dir zu weihnachten ein neues", knurrte hartung und rieb sich fluchend das linke knie, das er voll gegen eine metallstrebe gerammt hatte. gornow hinter ihm fischte wortlos seine uniformmütze aus dem wasser und stülpte sich die klatschnasse geschichte auf den zugedröhnten schädel.

„hat irgendfer ´ne taffenlampe?" erkundigte sich kiekebusch und tastete mit beiden händen blind auf dem feuchten holzboden herum.

„ne, meine zähne finde ich auch so", antwortete blaschke. der rest der kapelle war viel zu sehr mit sich selbst beschäftigt, um der trompete hilfestellung geben zu können. blaschkes posaune verzierte ein böser knick im zugrohr und henzka hatte sich die unterlippe aufgeschlagen, weil er genau in dem moment zur attacke blasen wollte, als der kahn ins schleusentor schmetterte. nur fittkau lag friedlich zusammengerollt unter seiner bank und schnarchte vor sich hin, leise und vornehm.

„weicheier", murmelte bräsemann, kletterte umständlich von bord und machte sich daran das obere schleusentor zu schließen. knickebeinig stiefelte er anschließend nach vorne und blickte von oben herab auf das uniformierte elend in seinem kahn. „dreamteam", brummelte er. „alle reif für die klapsmühle."

„und du bist der präsident", gab blaschke zurück, dessen posaune starke ähnlichkeit mit einem fragezeichen hatte.

„kein problem", knurrte bräsemann und öffnete das torpedierte tor. „als erstes käme die ganze blase für 6 monate auf entzug."

„das sagt genau der richtige", kicherte hartung. „wenn dich die entenpolizei jetzt einfängt, fährst du die nächsten zehn jahre fahrrad."

„kein problem", knurrte bräsemann und kletterte vorsichtig wieder an bord. „hier im spreewald ist alles flach." mit einer kurzen, heftigen armbewegung warf er den außenborder wieder an und steuerte das wasserfahrzeug halbwegs manierlich aus der schleusenkammer.

„hat einer mein gebiff gefehen?" jammerte kiekebusch. „daff ding ift fo gut wie neu."

„ich kann dir ´ne schnabeltasse leihen", feixte hartung, während bräsemann begann am gashebel zu kurbeln. breite bugwellen zogen rechts und links der bordwände weg, schwebten in richtung ufer und drückten den kahn fast bis zur mitte aus dem wasser. die masse der musiker hockte hinten.

„he, bräsemann, gleich heben wir ab", moserte blaschke.

„keine panik." der pilot öffnete ein auge und winkte locker ab. „wird nicht extra berechnet."

vorne im kahn tauchte kiekebusch aus der versenkung auf. „ich hab´f", brüllte er über den lärm des viertakters hinweg. „ich hab daf blöde gebiff wieder." triumphierend reckte er seine rechte hand mitsamt der künstlichen kauleiste in die höhe.

„dann steck´s in die gosche und hüpf nicht rum wie rumpelstielzchen", fluchte hartung. „sonst liegen wir gleich alle im teich."

„der kahn ist unsinkbar", mischte sich bräsemann ein und steuerte kerzengerade auf den durchstich zu, der die strecke lehde – leipe um ein paar dutzend meter verkürzte.

„mach keinen blödsinn", brüllte henzka. „der kanal ist zu schmal und überall liegt holz im wasser. bleib auf der spree."

„okay", verkündete bräsemann und drückte die steuerpinne schlagartig nach links. der kahn schwenkte unvermittelt nach rechts, schwamm auf seiner eigenen bugwelle auf und stieg vorne hoch. bräsemann zuckte zusammen, ging erschrocken vom gas und gab damit der statik seiner gondel den rest. das wasserfahrzeug kippte nach links weg, fasste wasser, warf seine last ab wie ein bockendes pferd und rauschte ungebremst in die flache uferböschung. äste und zweige splitterten und mit einem letzten, ärgerlichen heuler quittierte der viertakter aus fernost seinen dienst. kahn und schraube hatten sich gründlich in einem brombeerdickicht festgefressen. für sekunden herrschte totenstille.

„scheife", brüllte dann eine hochgradig erregte stimme, „daf gebiff if fon wieder weff."

„laß mich mit deinen dämlichen zähnen in ruhe", fluchte blaschke.

„guck dir meine posaune an. sieht aus wie ´ne carrerabahn."

„abzählen", brüllte bräsemann über wasser und uferböschung hinweg. „sofort abzählen."

„halt die luft an" fluchte blaschke, „und hilf die instrumente einsammeln." mit einem langen arm griff er die dicke trumm, die sich schwankend auf den weg nach lehde machen wollte. drei, vier meter weiter ragte etwas silbriges, glänzendes aus der spree, bräsemanns neue lyra. mit einem satten ruck zog blaschke das teure gerät aus dem schlamm und warf es richtung kahn, der wie festgenagelt in den brombeeren hing.

„henzka?" brüllte bräsemann. „hier", lautete die verschnupfte antwort. „hartung?" der reihe nach ging der bruchpilot die passagierliste durch. alle tauchten nacheinander wieder auf, im uferschlamm, im unterholz, draußen auf der spree. nur fittkau meldete sich nicht.

„wo ist die parkuhr?" fluchte bräsemann verunsichert.

blaschke neben ihm zuckte mit den schultern. „so was winziges verliert sich leicht."

„red´ kein blech", schnauzte bräsemann. „wo steckt die kleine ratte?"

„liegt im kahn und pennt", erklärte henzka nach einigen sekunden.

bräsemann kämpfte sich barfuß durch den schlamm, blickte prüfend in den dunklen fußraum und schüttelte den kopf. „nicht möglich. der planet geht unter und der notenständer schläft."

„quatsch keine opern", schnauzte blaschke, der bis zu beiden ohren im wasser stand. „lass uns lieber den kahn flott machen."

„das erste brauchbare wort seit stunden", erklärte hartung und stemmte sich mit seinen zweieinhalb zentnern gegen die geteerte bordwand. nach und nach halfen die anderen mit. zentimeter für zentimeter glitt der kahn aus dem uferschlamm zurück in den bewegten fluss.

„alle einsteigen", kommandierte bräsemann nach der gelungenen operation. „und jeder nimmt seinen nebenmann mit."

„spätere heirat nicht ausgeschlossen", witzelte die trompete und zerrte einen ziemlich schlaffen kameraden an bord.

„abzählen", kam es von hinten. einigermaßen flüssig nummerierte sich die versumpfte truppe durch. henzka war die 12, eigentlich das ende der fahnenstange, doch direkt neben ihm hockte irgendwie noch jemand, klatschnass, verdreckt, total in sich zuammengesunken und ganz ohne uniform und orden.

„wir sind dreizehn", verkündete die trompete.

„und ich bin der papst", nuschelte blaschke.

„dein pech", antwortete henzka. „trotzdem sind wir einer mehr als bei der abfahrt."

„blödsinn", schnarrte bräsemann, stellte sich auf die hinterbeine und begann laut zu zählen. „wir sind 13", bestätigte er dann verwundert.

„sag ich doch die ganze zeit", maulte henzka. vorsichtig stieß er seinen überzähligen nebenmann an. der neue passagier kippte nach links und sein kopf fiel leicht nach hinten. der mann hatte strahlend weiße zähne, blondes, strähniges haar und gab keinen ton von sich.

„der ist tot", stammelte die erste trompete, „mausetot."

„quatsch", erklärte hartung und versetzte dem neuling von hinten einen heftigen klaps auf die rechte schulter. stocksteif ging nummer 13 über bord und schaukelte bauchoben im schwarzgrünen spreewasser.

„mir wird schlecht", erklärte henzka und spuckte im hohen bogen in den kahn.

„den hafft du totgefahren, bräfemann", erklärte kiekebusch.

unfallaufnahme

´biber 20´, das blau-weiße patrouillienboot der wasserschutzpolizei erreichte genau 27 minuten nach eingang der meldung den zielort. da, wo es ging, hatte minkner, der steuermann, vollgas gegeben und die gesamte tierwelt links und rechts der hauptspree aus der nachtruhe gerissen. leichenwagen und spurensicherung waren noch unterwegs.

sie mussten den umweg über land in kauf nehmen, schmale straßen mit tausend kurven, kreuzungen und einigen ortsdurchfahrten. wer pech hatte, hing auch noch an der ein oder anderen bahnschranke fest.

ein dutzend verdreckter, patschnasser feuerwehrleute bildete das empfangskommitee für die beiden wasserschützer und ihr boot. neben ihnen, auf dem schlammigen urwaldboden lagen die überreste ihrer instrumente. schräg dahinter, am rande einer massiven brombeerhecke, befand sich die leiche, zugedeckt mit 2 uniformjacken.

„wir sind umgeschlagen, wieder eingestiegen und plötzlich hatten wir den da an bord", nuschelte blaschke und zeigte auf den toten. „mehr war nicht. ehrenwort."

„reicht ja wohl auch für den anfang, oder?" erklärt polizeihauptwachtmeister minkner vom boot herab und leuchtete mit dem suchscheinwerfer der ´biber 20´ routinemäßig die unmittelbare umgebung ab.

„wer hat den kahn gesteuert?" erkundigte sich kommissar kieselbach, der chef der wasserschutzpolizei. er steckte in hohen gummistiefel, war von bord gestiegen und stand tadellos uniformiert mitten in der abgeschossenen blaskapelle. es roch nach modder, schweiß und fusel. die antwort war ein unüberhörbares schweigen. zwölf dreckverschmierte spreewälder blickten uninteressiert und schwerhörig in die fortgeschrittene hochsommernacht.

„gut, vergessen wir die frage", erklärte der kommissar, „vorläufig. wenn aber einer von euch helden den mann über den haufen gefahren hat, dann kriegt ihr die frage vom staatsanwalt serviert, klar?"

„wie sollen wir den knaben über den haufen gefahren haben?" maulte henzka. „wir sind doch nicht über land gesegelt."

„und das da?" lukas kieselbach leuchtete mit seiner taschenlampe auf die stelle, wo der kahn deutlich sichtbar in den wald geschlagen war.

„ja gut, ich meine, wenn der knabe genau da gestanden hat, dann war´s ´n blöder unfall", lenkte bräsemann ein. „aber ich habe da niemanden stehen sehen."

„er kann ja auch da gelegen haben", warf minkner ein.

„warum sollte sich einer ausgerechnet nachts um drei mitten in den spreewald legen?" fragte henzka.

„vielleicht weil er zu benebelt war um nach hause zu finden", antwortete kieselbach. „soll vorkommen, so was."

„foll forkommen", bestätigte kiekebusch.

„dann hätte er sich aber ein besseres plätzchen aussuchen können", konterte hartung. „um dahin zu kommen, wo wir eingeschlagen sind, hätte er vorher schwimmen müssen. ohne nasse hose ist der punkt nicht zu erreichen."

„kinder und betrunkene bringen die tollsten schoten", erklärte minkner. „da muss man mit allem rechnen."

„wohl wahr." blaschke nickte zustimmend. als sechsfacher vater und spreewaldbitter-experte wusste er, wovon er sprach.

„kennt jemand den toten?"

allgemeines kopfschütteln. nur bräsemann meldete sich. „kann verkehrt sein, aber wenn mich nicht alles täuscht, ist das der neue besitzer vom krämer-haus."

„krämer-haus?" fragte der kommissar.

„genau, das große ding mit dem gurkenfaß, zwischen café venedig und freilichtmuseum. ist kürzlich unter den hammer gekommen, wegen der insellage. die alten krämers hatten das ewige klettern über die brücke satt. ging nicht mehr mit ihrer hüfte. und er geht allmählich auf die 90 zu. wohnen jetzt irgendwo in der altstadt, ebenerdig und ohne brücke."

„und der tote hat das gute stück gekauft?" erkundigte sich kieselbach.

bräsemann nickte. „schlich oft genug mit dem alten krämer über's grundstück", erklärte er. „soll 'n professor sein oder so was in der art. aus cottbus. auf jeden fall irgendwas wichtiges mit ordentlich schotter."

„muss wohl sein, sonst hätte er sich das haus nicht spendieren können", erklärte blaschke.

„war ja dann wohl nur ein kurzes vergnügen", erklärte minkner. er hatte das boot verlassen und begann mit rot-weißem absperrband die unglücksstelle weiträumig abzusichern. ´reiner blödsinn´, dachte er für sich, denn der gesamte untergrund war total zertreten. kein optimales nachschlagewerk für die spurensicherung. und die jungs mit dem zinksarg würden auch fluchen. knöcheltiefer schlamm und eine total verdreckte leiche. und das ohne frühstück.

kieselbach hatte sich über den toten gebeugt, die jacken entfernt und leuchtete den leblosen körper von oben bis unten ab. alles schien so weit intakt. äußerlich waren keine wunden oder verletzungen zu entdecken, keine blutspuren, nichts. trotzdem, es gab keinen zweifel, dieser mensch war definitiv tot.

„und?" erkundigte sich bräsemann, der dem kommissar über die schulter schaute. „schon klar, was den guten mann dahingerafft hat?"

„zieh leine bräsemann", knurrte der oberste wasserschützer. „mit deiner fahne kann man eine halbe armee betäuben."

„war ja nur ´ne frage", brummte der unglückspilot und ging auf abstand.

vorsichtig drehte kieselbach die klatschnasse leiche auf den bauch und tastete sorgfältig den rücken ab. wieder fehlanzeige. weder optisch noch taktil ließen sich spuren einer wunde ermitteln.

„der typ is total zugedröhnt rin in die brühe und abgesoffen. jede wette", verkündete blaschke. „hatten wir doch schon. erst letzten winter. der olle kleebank."

„bist du schlaumeier dabei gewesen?" blaffte minkner, der immer noch mit seinem absperrband hantierte und bis zu den knöcheln im schlamm steckte.

„ne, natürlich nich", antwortete blaschke. „aber wär doch nicht der erste, der auf die art vergluckert."

„du solltest zur polizei gehen, da können hellseher echt karriere machen."

„stimmt", schaltete sich kieselbach ein. „hellseher und quatschköppe. wie wär´s zur abwechselung mal mit ein paar handfesten informationen? – der mann war tot, bevor ihr ihn aufgegabelt habt?"

„genau", erklärte bräsemann. „sähe der knabe so ordentlich aus, wenn wir mit vollgas über ihn rübergebügelt wären? so´n kahn mit 12 passagieren wiegt locker anderthalb tonnen, mindestens."

„mit vollgas also", resümierte der kommissar.

„na, und wenn schon? wir haben den professor nicht geplättet, wäre uns aufgefallen", erklärte henzka trocken. „die nummer könnt ihr uns nicht in die schuhe schieben."

„hier wird überhaupt nix ´geschoben´, meine herren, damit das klar ist", knurrte kieselbach, „weder jetzt noch später. wer irgendwas vernüftiges vorzutragen hat, der meldet sich jetzt oder hält einfach die klappe."

„fade", nuschelte kiekebusch, „war gerade echt luftig."

„gebiss verloren, herr oberbrandmeister?" erkundigte sich der kommissar.

„auch fon gemerkt?" maulte der zahnlose.

„gerade so." antwortete kieselbach und blickte auf die schlammmusiker. ein bild für das pressefoto des jahres, wenn da nicht die leiche wäre. „also, irgendjemand mit einem sachdienlichen hinweis?"

schweigen im wald. aus richtung leipe meldete sich ein kuckuck.

„na schön, wie ihr wollt. heute vormittag, um 10 uhr erscheint die gesamte truppe, ohne ausnahme, zum verhör auf dem revier. pünktlich, in sauberen klamotten und nüchtern, klar?" verkündetet der oberste wasserschützer.

„pünktlich und fauber geht ja", flüsterte kiekebusch. „aber nüchtern fieht fchlecht auf."

die obduktion

knapp 10 stunden waren zwischen dem fund der leiche, ihrem abtransport und der autopsie vergangen. die gerichtsmedizin in lübben hatte prompt und schnell reagiert, wie immer. doktor zorn, der leiter der abteilung, hockte in seinem kellerbüro und sprach ketten von medizinischen fachbegriffen in sein historisches diktiergerät. mit zwei fingern deutete er seinem besucher an, wie lange er noch zu warten haben würde.

kieselbach kannte das büro inzwischen zu genüge, den merkwürdigen geruch und die noch merkwürdigeren reagenzgläser und durchschimmernden glaskolben an den wänden. trotzdem, der raum war für den kommissar mehr ein gruselkabinett als ein wissenschaftliches labor.

„na, dann woll´n wir mal", begann der grauhaarige experte nachdem er seine diktiermaschine abgeschaltet hatte. freundlich blickte er den wasserschutzbeamten an. „da haben wir uns nämlich etwas sehr, hm, interessantes eingefangen."

„mord oder nicht mord?" platzte es aus kieselbach heraus. von der antwort auf diese frage hing arbeitstechnisch einiges ab.

„tja", antwortete der mediziner und legte die stirn in falten. „was würden sie tippen? sie haben die leiche ja als erster untersucht."

„rein oberflächlich und mit null medizinischem hintergrund."

„mord oder nicht mord?" antwortete der arzt.

kieselbach zuckte mit den schultern. „gut, - keine kampfspuren und keine äußeren verletzungen, also höchstwahrscheinlich unfall oder natürlicher tod."

„so kann man sich täuschen." doktor zorn lächelte. „es war einwandfrei mord."

„einwandfrei?"

„absolut einwandfrei. so sicher wie das amen in der kirche".

„gift?"

der mediziner schüttelte den kopf. „gute idee, aber definitiv kein gift und keine drogen. mord mit ziemlicher gewalt und ziemlichen spuren."

„mit spuren?" fragte der kommissar.

der pathologe nickte.

„merkwürdig. mir sind keine aufgefallen. weder am kopf noch am oberkörper. absolute fehlanzeige. da war absolut nichts. keine verletzung und kein tropfen blut."

„völlig richtig. so gut wie keine äußere verletzung und so gut wie kein blut. auch mir ist die sache bei der ersten untersuchung durch die lappen gegangen. die spuren sind winzig und die tödlichen verletzungen innerlich."

„quetschungen? risse?"

„weder noch, herr kommissar. wir haben es mit einer sehr seltenen todesursache zu tun, für die heutige zeit. der mord wurde verübt durch einen kerzengeraden stich in die obere thoraxapertur des opfers. eine klassische vorgehensweise."

„thoraxapertur?"

„genau, die brustkorböffnung. der täter hat das opfer wahrscheinlich von hinten attackiert, den kopf an sich gezogen und dann von oben die waffe in den brustkorb gestoßen. der stich ging vom hals abwärts direkt ins herz. ein relativ schneller tod durch innere verblutung. vorteil für den täter – es gibt so gut wie keine äußeren spuren. ein paar kleinere blutgefäße platzen, das war´s. die wunde verschließt sich praktisch noch von selbst. für laien ist da kaum etwas feststellbar. deshalb war diese art des tötens von der antike bis zum beginn der modernen medizin eine äußerst beliebte. man konnte so gut wie nichts nachweisen."

„super – und die waffe?"

„eine dünne, äußerst spitze stichwaffe. im mittelalter hätte ich auf einen fein gearbeiteten degen oder dergleichen getippt. in unserem fall wird es wahrscheinlich eine gewöhnliche fahrradspeiche gewesen sein."

„eine fahrradspeiche?" fragte kieselbach ungläubig.

„genau. fahrradspeichen sind für diesen zweck wie geschaffen. kerzengerade, flexibel, aber trotzdem stabil und müssen für diesen zweck wahrscheinlich nicht mal angeschärft werden".

„unglaublich." lukas kieselbach schüttelte den kopf. „wer kommt denn auf die perverse idee?"

„wie gesagt, ganze völkerstämme", dozierte der arzt. „mit gerätschaften dieser art wird gemordet, seitdem es das entsprechende material gibt. ein kurzer stich, ohne großen kraftaufwand, sauber ausgeführt, mit genauen anatomischen kenntnisen und das gewünschte resultat tritt in sekundenschnelle ein, geräuschlos und fast ohne jedes blutvergießen. meist so schnell, dass weder wachen, leibwächter noch das opfer viel davon mitbekamen. war im übrigen eine beliebte art und weise bei den alten römern. daumen nach unten im circus maximus bedeutet stich in die thoraxapertur."

„was? gladiatoren sind so abgemurkst worden"?

der mediziner nickte. „genau. der gnadenstoß, quasi".

„glückwunsch", murmelte der kommissar. „dann müssen wir jetzt nur noch einen römischen gladiator finden, und der fall ist gelöst".

„oder so". der pathologe nickte.

„ne, jetzt mal ernsthaft. was muss der täter können oder wissen, um so einen mord abzuwickeln?"

„einiges. er muss über grundlegende anatomische kenntnisse verfügen, über geschicklichkeit, kraft und kaltblütigkeit. und er muss groß sein, ziemlich groß. speichen sind in der regel einen halben meter lang. wenn man die von oben im thorax versenken will, muss nach oben einiges an spielraum bestehen. – und der ermordete war kein zwerg. genau 1,82, wenn ich mich nicht täusche".

„das heißt, unser speichenmörder ist ein riese"

„möglich."

„das schränkt den täterkreis erheblich ein", murmelte der oberste wasserschützer.

„vorausgesetzt es gab keine treppe am tatort, - oder, das opfer hat gesessen."

„diese frage könnte man klären, wenn man den tatort hätte. ich kann mir nicht vorstellen, dass der mord mitten auf der spree stattgefunden hat, einfach so. ich tippe eher darauf, dass der täter oder die täter die leiche im wald entsorgen wollte. dass die blechkapelle dann genau dieses depot trifft, war nicht vorhersehbar."

„wird sich alles finden, herr kommissar", antwortete der schmächtige mediziner. „in deutschen krimis findet sich alles, die fälle lösen sich immer auf."

lukas kieselbach nickte. „das ist vorschrift, herr doktor, damit das vertrauen der bürger in die polizei, die gerichte und den staat keinen knick bekommt. leider hält sich das wirkliche leben nur selten an vorschriften. - und ich bin schließlich keine romanfigur."

kieselbach setzte seine uniformmütze auf und reichte dem arzt die hand. „na schön, dann ermitteln wir jetzt also in einem mordfall".

„hatten wir ja schon mal", antwortete der kleine mediziner.

die presse

„holla, die waldfee! bei euch geht aber echt der punk ab", brüllt attila honecker durch den hörer in kieselbachs dienstzimmer hinein. „die nummer ist ja der totale kracher. hochachtung!"

„welche nummer?"

„na, die mit eurem fahrradmörder. absolute krass der akt", krakehlte der multizentnermann. „mit euch macht man titelseiten. gibt´s noch mehr in der art?"

„wunderschöner monolog. sonst noch was?" antwortete der kommissar. eine frische leiche an der backe und honecker am rohr. es gab schöneres an einem sonntagnachmittag.

„na, wie wär´s mit einigen exklusivinfos, bevor ich mir den stoff aus den fingern saugen muss? könnte dann eventuell zu groben missverständnissen führen."

„du und dein revolverblatt sind ein einziges missverständnis", knurrte der polizist zurück.

„wir haben meinungs- und pressefreiheit, artikel 5 grundgesetz", plärrte der dicke zurück. „die kann auch die polizei nicht verhindern."

„warum sollten wir? war nie unser job."

„ach was? in geschichte wohl immer leicht weggenickt, der herr, oder? wer hat denn journalisten reihenweise weggesperrt und umgenietet? wer hat zeitungen dicht gemacht und bis zum anschlag manipuliert zu seligen täterä-zeiten, bei adolf und in china? die heinzelmännchen? das waren spezialisten aus deiner branche, kieselbach. leute in uniform mit hohem pflichtbewusstsein."

„'n lexikon zu weihnachten bekommen?"

„nö", blöckte honecker und lachte fett. „geschichte war mein absolutes lieblingsfach. wir hatten da eine rattenscharfe studienrätin mit ganz großen augen. ansonsten gab's in meiner anstalt nur fette, alte säcke."

„einige davon sollen in den journalismus abgewandert sein."

„noch keinen getroffen", antwortete das monster und kicherte. „aber jetzt mal spaß beiseite. gibt's schon heiße spuren oder dringend mordverdächtige?"

„für sachdienliche hinweise wenden sie sich bitte an die staatsanwaltschaft cottbus. öffnungszeiten montags bis freitags von 9 bis 16 uhr, termine nach vereinbarung", erklärte kieselbach wie ein gelernter anrufbeantworter.

„super. falls die entenpolizei dich mal feuert, du wärst eine zierde für jedes callcenter, ehrlich."

„da bin ich nach feierabend."

„tatsache? danke für die info", kam es begeistert zurück.

„schreib bloß keinen quatsch", fluchte kieselbach.

„muss ich mir noch überlegen", kam es trocken zurück.

„dann danke ich für die herrliche konversation."

„moment! halt! da wär noch was."

„oh, wie fein."

„genau. es gibt da einige gerüchte über diesen ehemaligen doktor herold. soll hier in cottbus die ganz dicke hose gewesen sein. mit penthouse am alten markt, fetten autos und aufgemotzten weibern. überhaupt nicht so der verklärte wissenschaftler. würde ich an eurer stelle einfach mal überprüfen. vielleicht weht von daher der wind?"

„heute morgen mit mutter theresa gefrühstückt?"

„quatsch, meine ganz normale soziale ader. außerdem bin ich ein pflichtbewusster staatsbürger."

„bezieht sich das auch auf deinen punktestand in flensburg?", murmelte der kommissar. „so weit ich weiß, hast du momentan deutlich mehr punkte als die jungs von energie."

„na und? sind eben nicht alles so musterknaben und radfahrer wie du", krähte der journalist. „à propos fußball. kennst du den unterschied zwischen schalke 04 und einem schreinerlehrling?"

„ne", antwortet lukas kieselbach.

„na, ganz einfach. der schreinerlehrling kann noch meister werden."

„den solltest du mal auf schalke in der nordkurve erzählen", antwortete der dienststellenleiter und legte auf.

fünf minuten später steckte minkner den kopf durch die tür. „alle aussagen der bruchpiloten zu protokoll genommen, chef."

„und?"

„gebhard tippt noch, wahrscheinlich den rest der woche."

„ich meine irgendwelche ergebnisse?"

„nix konkretes. die eine hälfte der truppe war blau wie die veilchen und die andere hat erst recht nichts bemerkt. und nach dem crash waren alle sowie so nur mit sich selbst beschäftigt und ihren instrumenten. da ist einiges zu bruch gegangen. eigentlich ist nur die trompete so wie vorher."

„und wer hat den vergnügungsdampfer gesteuert?"

„bräsemann senior", antwortete der hauptwachtmeister. „stocknüchtern natürlich, als einziger, können alle beschwören."

„und die erde ist eine scheibe", antwortete der dienststellenleiter. nach der autopsie war klar, dass die feuerwehrtruppe mit dem ableben von doktor herold nichts zu tun hatte. wenn überhaupt, dann hatte man in der vergangenen nacht einen toten überfahren. das erfüllte den tatbestand einer sachbeschädigung. wenn man wert darauf legte, konnte man bräsemann deswegen natürlich einen ausgewachsenen auftritt vor gericht verschaffen.

„in ordnung, minkner. alles zu den akten und dann wieder an die arbeit," erklärte kieselbach.

„für unsere aktenberge wurden ganze regenwälder abgeholzt", maulte der hauptwachtmeister, tippte kurz an die stirn und verschwand.

kunst

„der barock ist geisteswissenschaftlich als eine reaktionäre gegenbewegung auf die entwicklungen der renaissance und des humanismus zu betrachten. während sich renaissance und humanismus gegen kirchliche und staatliche autoritätsprinzipien wendeten, forderte der barock anschließend von seinen zeitgenossen unbedingte tugendhaftigkeit; und tugend bestand in jener zeit vor allem darin, erstens, eine höhere, unvergängliche ordnung anzuerkennen, und zweitens, sich dieser ordnung zu unterwerfen, unter verzicht auf seine eigenen interessen. was unter dieser höheren ordnung zu verstehen war und was sie beinhaltete, legten natürlich kirche und staat fest. philosophisch gesehen war der barock, wie angedeutet, ein echter rückschritt in der intellektuellen entwicklung der menschheit."

kommissar lukas kieselbach hatte sich vorsichtig in den überfüllten hörsaal geschlichen und lauschte neben der tür stehend den ausführungen des grauhaarigen herren, der am anderen ende des raumes an seinem rednerpult stand und so unbeschwert erzählte als befände er sich unter alten bekannten und nicht vor einem kritischen auditorium von mindestens zweihundert studenten aus höheren semestern.

„was malerei und architektur betrifft, hat allerdings gerade dieser geistig reaktionäre barock hervorragendes geleistet und künstler und werke hervorgebracht wie kaum eine epoche vorher oder nachher. ob man den barock deswegen gleich als ´das zeitalter der giganten´ bezeichnen darf, was die bildenden künste anbelangt, muss allerdings jeder für sich selbst entscheiden."

alle studenten, die sitzplätze ergattert hatten, kritzelten ohne unterbrechung in ihre kladden oder hackten den vortrag in laptops; diejenigen, die sich an den wänden lehnten, fertigten wahrscheinlich gedächtnisprotokolle an.

„grund für diese unterschiedlichen entwicklungen zwischen geisteswissenschaft und bildender kunst im barock waren die gesamtgesellschaftlichen gegebenheiten. die wachsende selbstherrlichkeit der damaligen fürsten vertrug sich nicht mit dem streben ihrer untertanen nach geistiger befreiung, und deswegen wurden diese untertanen und ihre humanistischen ideen rücksichtlos unterdrückt. architektur, malerei und das vermögen der bildhauer hingegen waren überaus geeignete mittel um dem, aus heutiger sicht betrachtet, mit sicherheit schon krankhaften geltungsdrang des adels und der kirche, ausdruck zu verschaffen. im barock wurde die kunst, nicht zum ersten und nicht zum letzten mal in der geschichte, bloßes mittel zum zweck. bereits persische großkönige, ägyptische pharaonen, griechen, römer, majas und atzteken haben versucht, sich durch das, was sie für kunst hielten, eine eigene identität zu geben und sich der restlichen welt gegenüber gebührend in szene zu setzen. - und die neuzeit, inklusive kommunisten und nazis, hat nichts anderes gemacht."

reichlich viel input mit wenigen worten, dachte lukas kieselbach, und erinnerte sich an seine seminare auf den polizeischulen in basdorf und neustrelitz. auch da hatten dozenten ihren studenten das nötige wissen konzentriert und intravenös verabreicht, ohne rücksicht auf verluste.

„allerdings, ohne diesen größenwahn der adligen und klerikalen oberschicht hätten sich baumeister wie neumann, wren, pöppelmann, mansard, von knobelsdorf, um nur einige zu nennen, nie auch nur annähernd entfalten können; und das hätte auch für die jetztzeit erhebliche konsequenzen. bayern wäre um ein typisches merkmal, nämlich seine weltbekannten kirchen ärmer, würzburg stünde ohne residenz da, dresden ohne seinen zwinger, rom ohne den petersdom und versailles", der professor machte eine kleine pause und lächelte, „und in versailles befände sich heute anstelle des schlosses höchstwahrscheinlich ein autobahnkreuz oder eine müllkippe."

ein befreiendes lachen ging durch den hörsaal. professor canisus kam an bei seinen studenten, auch wenn wahrscheinlich fast vierzig jahre zwischen ihm und den angehenden wissenschaftlern lagen. der alte mann verfügte, wie es aussah, über die seltene gabe, dinge wissenschaftlich exakt, aber trotzdem lebendig und nachvollziehbar darzustellen. kieselbach hatte während seiner wenig aktiven schülerlaufbahn eher andere lehrertypen kennengelernt.

„und was die malerei des barock angeht, - van dyck, rembrandt, franz hals, rubens, el greco, velazquez, tintoretto und tizian wären wohlmöglich tulpenhändler, gerber, landsknechte oder flickschuster geworden, hätte es nicht absolutistische potentaten und mäzene in hülle und fülle gegeben, die jenen genies die finanziellen möglichkeiten eröffneten ihre talente zu entfalten. das bedeutet natürlich nicht, dass einer dieser mega-stars reich geworden wäre. im gegenteil."

der alte herr vorn am rednerpult ließ seine stimme sinken und verneigte sich leicht. „welchen nährboden das biedermeier seinen künstlern bot, und wie es überhaupt zum sogenannten biedermeier kommen konnte, wird gegenstand der nächsten vorlesung sein. ich danke ihnen für ihre aufmerksamkeit."

die zuhörer klopften anerkennend und anhaltend auf ihre pulte und schlossen ihre unterlagen. exakt in diesem moment meldete sich kieselbachs handy. - ´oh, when the saints go marching in ...´. 200 köpfe ruckten in richtung ausgang und für eine sekunde herrschte totenstille. „starke einzelleistung, alter", murmelte eine junge dame gleich neben dem kommissar.

professor canisius war klein, knapp einen meter sechzig, höchstens. jetzt, wo er neben seinem pult stand, umringt von einer handvoll studenten, war diese vertikale defizit deutlich sichtbar. der mann hatte ein rundes gesicht mit lebhaften, dunklen augen und volles, schlohweißes haar, das gerade nach hinten gekämmt war. er wirkte wie der nette, freundliche opa von nebenan, war aber in wirklichkeit eine unbedingte koryphäe auf dem gebiet der kunstwissenschaft, insbesondere der malerei. weltweit. stand zumindest im internet.

es dauerte gut zehn minuten bis der professor die fragen seiner studenten beantwortete hatte. fragend blickte er danach den kommissar an. „sie sind der junge mann von der kriminalpolizei, oder?"

kieselbach nickte. er verzichtete darauf, die feinen unterschiede zwischen kripo und wasserschutz zu erläutern. polizei war polizei.

„gut, dann gehen wir besser in mein büro, da sind wir ungestört."

kieselbach nickte. nebeneinander schritten der wissenschaftler und der kriminalist durch die jetzt fast menschenleeren gänge der uni. alles war neu und makellos sauber, boden, wände und decken. wendesauberkeit. infrastruktur vom feinsten, nur der nachwuchs zog reihenweise ab. immer noch, selbst zwanzig jahre nach dem mauerfall. und wer aus dem westen hierher nach cottbus kam, hatte das loser-image mit im gepäck, stand im internet-forum zur uni.

„waren sie das mit dem handy?"

kieselbach nickte.

„ein glück, dass sie keiner meiner studenten sind."

„warum?"

„handys in der vorlesung sind verboten. wer bimmelt, fliegt raus, für den rest des semesters."

„ist das okay, ich meine rechtlich gesehen?"

„meine vorlesung ist eine wissenschaftliche veranstaltung, mein geistiges eigentum und kein offener jugendtreff", antwortete der kleine mann energisch.

das dienstzimmer des professors lag im ersten stock eines kleinen seitenflügels des unigebäudes, und durch die drei fast deckenhohen und doppelflügeligen fenster hatte man einen uneingeschränkten panoramablick fast auf das gesamte campusgelände. wandflächen waren im büro nicht zu sehen, auch der letzte zentimeter war von vollgestopften regalen oder sorgfältig gerahmten bildern verdeckt. formate und motive hingen wild durcheinander. modernes, abstraktes befand sich direkt und gleichberechtigt neben klassischem, buntes, grelles neben schlichtem und eher unauffälligem. ein riesiger, über und über mit papieren, zeitschriften und büchern beladener schreibtisch, der mit seiner linken schmalseite zum campus zeigte und zwei kurzbeinige tische, die ähnlich bepackt waren, beherrschten den raum.

„nehmen sie platz", sagte der alte herr und deutete vage in sein zimmer. kieselbach entdeckte einen alten, lederbezogenen stuhl neben einer uralten und leicht angestaubten stehlampe und wuchtete das schwere sitzmöbel vor den schreibtisch, hinter dem sich sein gastgeber verschanzt hatte.

„ich vermute, sie sammeln momentan informationen im fall herold? unglaubliche sache", begann der grauhaarige gelehrte.

„kann man so sagen", antwortete der kommissar. der mord mit der fahrradspeiche hatte innerhalb weniger stunden die runde in sämtlichen medien gemacht, quer durch die republik. alle tv- und radiosender waren groß eingestiegen in die angelegenheit, gefolgt von zeitungen, magazinen und internet. mord als solcher war routine, reine dutzendware, nur die fahrradspeiche nicht. die war neu.

„na schön", fuhr der wissenschaftler fort. „dann schießen sie mal los."

„seit wann war doktor herold an diesem institut?"

„ich habe gleich heute morgen nachschauen lassen. herold kam vor ungefähr sechs jahren zu uns, war zuerst wissenschaftlicher mitarbeiter und erhielt dann, nach drei jahren, aufgrund seiner fähigkeiten und seines einsatzes einen arbeitsvertrag als privatdozent mit lehrbefähigung. noch ein oder zwei jahre und er hätte sich habilitieren können."

„habilitieren?"

„er hätte professor werden können."

„und woher kam doktor herold?"

„aus der nähe von düsseldorf. sein vater war irgendein hohes tier in der britischen armee und mit einer deutschen verheiratet. doktor herold verfügte über zwei staatsbürgerschaften. das wird sie aber wahrscheinlich nicht weiterbringen."

„wer weiß?" der kommissar zuckte mit den schultern. „war doktor herold ein zuverlässiger mitarbeiter?"

„unbedingt", antwortete der professor. „er erledigte seine arbeiten absolut gewissenhaft, mit sachverstand und der nötigen eigeninitiative. es gab keinerlei gründe zu irgendwelchen beanstandungen."

„wie kam er mit seinen studenten aus?"

„gut, denke ich. mir sind keine klagen zugetragen worden."

„gab es leute innerhalb des institutes, mit denen er probleme hatte?"

„mit anderen worten, sie suchen den täter in unseren reihen?" kam es zurück.

„wir suchen überall, herr professor, gehört zum job. sämtliche auskünfte werden selbstverständlich vertraulich behandelt."

„davon gehe ich aus", antwortete der gelehrte.

„also, hatte doktor herold probleme mit kollegen oder anderen mitarbeitern?"

der professor machte eine vage handbewegung. „probleme ist vielleicht nicht das richtige wort. doktor herold stand in einer permanenten konkurrenzsituation zu anderen dozenten, die wie er eine gesicherte universitäre laufbahn anstrebten."

„was bedeutet das konkret?"

„das leben, das heißt, dass berufliche überleben, an einer universität ist kein zuckerschlecken. im zeitalter schrumpfender etats für das bildungswesen sind auch an universitäten die budgets mehr als knapp. planstellen für qualifiziertes lehrpersonal sind wie ein sechser im lotto und selbst zeitverträge, halbe- und viertelstellen sind inzwischen begehrte dinge. eine katastrophe, für studenten und den lehrbetrieb. gute leute kommen erst gar nicht mehr an die uni oder sie wandern ab, sobald einigermaßen vernünftige angebote aus der wirtschaft kommen. und die wenigen, die trotzdem bleiben, versuchen natürlich mit allen mitteln in ein permanentes arbeitsverhältnis zu kommen, um nicht jedes semester wieder einen vertrag erbetteln zu müssen. derartige gegebenheiten führen natürlich zeitweise zu sehr gespannten verhältnissen unter den betroffenen."

„mit anderen worten, doktor herold hatte keine feste anstellung an diesem institut?"

„fest schon", antwortete der grauhaarige wissenschaftler, „aber nur auf drei jahre befristet, und zweieinhalb waren jetzt um."

„das bedeutet, doktor herold konnte sich auf einen neuen vertragspoker vorbereiten?"

professor canisus lächelte. „so könnte man es ausdrücken. doktor herold hat in der letzten woche seine bewerbung für eine vertragsverlängerung abgegeben."

„und wie standen seine chancen?"

„fünfzig-fünfzig."

„wieso?"

„ganz einfach. von zwei dozentenstellen wird eine gestrichen, und auf die gibt, beziehungsweise gab es, zwei bewerber."

„beide hier aus dem haus?"

der professor stutzte und blickte den kriminalisten prüfend an. „meinen sie nicht, dass wir jetzt zu weit auf das feld der spekulationen geraten?"

kieselbach zuckte mit den schultern. „keine ahnung, herr professor. bis jetzt haben wir nur eine leiche, sonst nichts."

„verstehe." der experte nickte. „also, der andere kandidat ist doktor schreckenberg, ein ebenfalls hochqualifizierter mitarbeiter, der praktisch gleichzeitig mit doktor herold seine unterlagen eingereicht hat."

„das hätte bedeutet, einer der beiden herren wäre in knapp sechs monaten arbeitslos gewesen."

„eventuell."

„also dozent oder hartz IV?"

„im schlimmsten fall, ja."

„na prima", knurrte der kommisar.

„so ist das leben. gerechtigkeit ist eine utopie."

„wenn sie das sagen."

„ist nicht auf meinem mist gewachsen, der spruch war schon in der klassik ´kalter kaffee´, wenn sie den ausdruck gestatten."

lukas kieselbach nickte und gestattete.

„ein aspekt hat dieses bewerbungsverfahren dann noch um eine nuance verschärft", fügte der kunstexperte an.

„und der wäre?"

„nun ja, der ´gewinner´ hätte, wenn ich es einmal so ausdrücken darf, beste aussichten gehabt, über kurz oder lang mein nachfolger zu werden, da ich in knapp zwei jahren den dienst quittieren werde."

„das dürfte sich für den ´gewinner´ arbeitstechnisch und finanziell wahrscheinlich rechnen, oder?"

„im vergleich zu einer zeitlich befristeten dozentenstelle mit sicherheit, ohne überheblich sein zu wollen."

„damit hätten wir dann eventuell den ansatz für ein motiv."

professor canisius schüttelte einigermaßen energisch den kopf. „keine schnellschüsse, bitte, herr kommissar. sie haben mich nach der situation an der universität befragt, und ich habe geantwortet. es lag nicht in meiner absicht, irgendjemanden zu beschuldigen oder auch nur in verdacht zu bringen. doktor schreckenberg ist ein geschätzter mitarbeiter und dreifacher familienvater. ich glaube, ihn als mörder in betracht zu ziehen, wäre völlig absurd."

kieselbach nickte beinahe automatisch. „gibt es sonst noch etwas, dass ich über doktor herold wissen müsste?"

„es gibt viel über einen menschen zu berichten, mit dem man jahre-lang nahezu täglich zu tun hatte", erklärte der wissenschaftler. „aber das allermeiste davon dürfte für ihre ermittlungen wahrscheinlich belanglos sein. und das wesentliche übersieht man mit sicherheit." professor canisius hob zur unterstützung seiner ratlosigkeit seine beiden, schmalen hände. „doktor herold war nichtraucher, antialkoholiker und vegetarier, ein echter gesundheitsfanatiker, der andere menschen von seinen ideen zu überzeugen versuchte. selbst mein gelegentliches gläschen sherry war ihm ein dorn im auge, genauso wie meine pfeife."

der alte wissenschaftler schüttelte den kopf. „und jetzt ist der mann tot und ich lebe immer noch."

„hatte doktor herold freunde?"

„ich denke schon, sicher, aber fragen sie mich bitte nicht nach den namen. die kann ihnen wahrscheinlich frau kilka, unsere sekretärin geben."

der kommissar erhob sich. sein gegenüber machte längst nicht mehr den vitalen und positiven eindruck wie noch während der vorlesung. er wirkte angespannt und aufgebraucht.

„wo finde ich doktor schreckenberg?"

professor canisius blickte auf seine armbanduhr. „wenn sie sich beeilen wahrscheinlich noch in seinem zimmer, links am ende des ganges. seine vorlesung müßte in kürze beginnen." der alte mann grüßte andeutungsweise und blieb sitzen als kieselbach den mit wissen vollgestopften raum verließ.

der konkurrent

„herein", rief eine ziemlich unwirsche stimme und kieselbach öffnete die weißlackierte, überbreite zimmertür. konzentrierter zigarettenrauch empfing ihn und ein enorm großer mensch mit einem blassen, unfreundlichen gesicht.

„die sprechstundenzeiten hängen im sekretariat aus, junger mann. es wäre schön, wenn sie sich daran halten würden."

„kieselbach, wasserschutzpolizei", stellte sich der kommissar vor. ohne uniform konnte man ihn notfalls noch gerade für einen verspäteten studenten halten.

„ach so", antwortete der sprecher eine spur weniger unhöflich, aber deutlich gereizt. er war mindestens zwei meter groß, wenn nicht sogar einige zentimeter darüber und ging leicht nach vorn gebeugt. kieselbach schätzte den riesen auf mitte vierzig.

„sie sind doktor schreckenberg?"

„volltreffer. aber im augenblick kann ich wenig für sie tun. in acht minuten beginnt meine vorlesung und ich habe noch einige dinge vorzubereiten." mit einer deutlichen handbewegung wies der dozent auf eine halbes dutzend aufgeschlagener bücher, die oben auf einem total vollgebombten schreibtisch lagen.

diese vorbereitungen hätte man wahrscheinlich auch früher erledigen können, ging es kieselbach durch den kopf, doch er verkniff sich diese bemerkung. zu schulzeiten hatte er nach dem gleichen prinzip gearbeitet, alles in der letzten sekunde, oder gar nicht, und die meisten seiner lehrer auch. jedenfalls hatte der unterricht oft genug so ausgesehen.

„ich werde mich so kurz wie möglich fassen."

„wenn es denn sein muss", antwortete der wissenschafler und zündete sich eine zigarette an.

„sie kannten doktor herold?" fragte der kommissar.

„leider", kam es klar und deutlich zurück. „andere werden wahrscheinlich loblieder auf herold singen, ich werde mich nicht an dieser lobhudelei beteiligen. der knabe hat mir das leben im institut ziemlich zur hölle gemacht, immer wieder, bei jeder gelegenheit. leider war er der liebling des alten; weiß der geier warum."

„des alten?"

„professor canisius, natürlich. herold konnte den alten knaben um seinen kleinen finger wickeln. doktor herold hier, doktor herold da. wahrscheinlich war er der uneheliche sohn des alten oder die beiden hatten zusammen ein paar leichen im keller liegen, von denen hier keiner etwas weiß." der angegraute riese lächelte gequält.

„herold und sie waren konkurrenten um eine festanstellung und um die nachfolge von canisius?"

„auf dem papier, ja", erklärte der raucher ohne überrascht zu sein, „de facto nein. der alte hätte schon dafür gesorgt, dass herold auf seinen sessel kommt. meine aufgabe bestand darin, das bewerbungsverfahren abzurunden und einigermaßen offiziell und offen aussehen zu lassen. dabei bin ich knapp zehn jahre länger am seminar als dieser scharlatan."

gierig zog der wissenschaftler an seiner zigarette. „vielleicht hätte mich der großartige herr doktor als assistenten im institut behalten, aber selbst damit konnte man nur bedingt rechnen. höchstwahrscheinlich hätte er mich gegen einen jungen und knetbaren nachfolger ausgetauscht. soziale verantwortung und fairness waren nicht unbedingt herolds stärke."

„mit anderen worten", erklärte kieselbach emotionslos, „der tod von doktor herold kommt ihnen nicht ungelegen."

der paffende wissenschaftler grinste verlegen. „ich kann mir lebhaft vorstellen, dass es in der kriminalgeschichte schon morde mit einer dünneren motivationslage gegeben hat, oder?"

der kommissar nickte. „wie steht es mit ihrem alibi?"

„für die nacht von samstag auf sonntag?"

„genau"

„ich war zu hause.

„das ganze wochenende?"

„korrekt. mutterseelenallein mit zwei examensarbeiten. canisius wollte die korrekturen heute morgen auf seinem schreibtisch haben."

„irgendwelche zeugen?"

„tja, normalerweise vier, meine frau und der nachwuchs. aber ausgerechnet am vergangenen wochenende war die gesamte truppe bei oma und opa."

„wo?"

„in hamburg."

„also, keine zeugen?"

der dozent nickte. „keine zeugen."

„darf ich fragen, wo sie wohnen?"

„na ja, mitten im spreewald, in lehde."

„wie herold?"

„genau. wir waren quasi nachbarn."

„direkte nachbarn?"

„genau. nicht nur, dass man den affen hier im institut vor der nase hatte, seit vier wochen lief mir der spinner auch privat ständig durch´s bild", antwortete der qualmende riese ohne jede spur von nervosität.

„damit bin ich wahrscheinlich auf ihrer hitliste unangefochten auf platz eins, oder?"

„wenn sie jetzt noch ein geständnis ablegen und unterschreiben würden, hätte sich der fall quasi erledigt."

„zu früh gefreut", erklärte der riese. „allerdings, wenn ich genug mumm gehabt hätte, dann wäre herold schon wesentlich früher in die ewigen jagdgründe eingegangen. aber", der wissenschaftler schüttelte den kopf, „für mord fehlt mir wahrscheinlich das nötige format."

der begriff ´format´ in verbindung mit mord war kieselbach neu. vielleicht fehlte ihm hier die wissenschaftliche perspektive. „sonst noch irgendwas, besondere vorkommnisse oder vorfälle in der letzten zeit?"

„nicht die geringsten", antwortete der raucher und deponierte den zigarettenstummel ohne ihn auszudrücken in einem überdimensionalen marmoraschenbecher. „herold war bis zum ende der gleiche armleuchter wie immer, arrogant, unfähig und pedantisch, dienstlich und menschlich. wenn sie mehr wissen wollen, fragen sie die kilka, unsere bürofee. die dürfte ihnen einiges mehr erzählen können. irgendwie waren herold und sie ziemlich dicke tinte."

„die beiden hatten ein verhältnis?"

„keine ahnung, sah aber manchmal glatt so aus."

doktor schreckenberg klappte zwei der geöffneten bücher zu, klemmte sie unter seinen linken arm und marschierte entschlossen auf die zimmertür zu. „wenn sie mich jetzt bitte entschuldigen würden, die pflicht ruft." mit einer schwungvollen handbewegung komplimentierte er seinen besuch hinaus auf den flur.

„eine frage noch, wo hatte doktor herold sein büro?"

„sie stehen direkt davor", erklärte der riese. „wir waren auch hier nachbarn."

„kann ich einen blick in die gemächer werfen?"

„tun sie sich keinen zwang an. allerdings dürfte fort knox fest verschlossen sein." mit seiner rechten pranke drückte er auf die klinke aber die tür blieb zu.

„wie ich gesagt habe", murmelte der schreckenberg, „geschlossene gesellschaft."

der wissenschaftler übergab seine unterlagen an den kommissar, fischte sein handy aus der jackettasche und tippte eine kurze nummer ein. „schreckenberg hier. die polizei interessiert sich für herolds raum. könnte von euch jemand die kemenate aufschließen?" der riese nickte, murmelte ´danke´, ließ das handy verschwinden und griff seine unterlagen.

„einer unserer facility manager ist im anmarsch, und ich bin durch die tür."

knapp eine minute später erschien auf der etage ein älterer herr in grauem kittel mit einem schweren schlüsselbund in der rechten hand.

„sie sind der polizist?" fragte der schlüsselmensch ohne sich vorzustellen.

„kieselbach, wasserschutzpolizei."

„früher mal stasi?"

„ne, kindergarten", antwortete kieselbach.

„auch nicht schlecht." der graukittel begann humorlos mit seinen schlüsseln zu hantieren. „mit den stasi-typen hab´ ich nämlich so meine erfahrungen gemacht. da hätten sie den laden alleine aufschließen können."

die tür öffnete sich und der facility manager marschierte durch bis in die mitte des raumes. „alles vom feinsten, vom mobiliar bis zu den tapeten. der feine herr wollte alles genau nach seinem geschmack, nix 08/15. und jetzt ist der junge platt. schon irgendeine idee, wer der knipser war?"

der kommissar schüttelte den kopf. herolds dienstzimmer war der totale kontrast zu den beiden anderen studierstuben. hier herrschte ordnung und sauberkeit. die regale waren gleichmäßig gefüllt, die gläserne schreibtischplatte war frei von akten und unterlagen und nur mit keyboard, terminal, mouse und mouse-pad bestückt. ein halbes dutzend wuchernder grünpflanzen, die fast deckenhöhe erreichten vermittelten wintergartenatmosphäre und die aufwendig gerahmten aquarelle an den freien wandflächen stammten mit sicherheit nicht vom flohmarkt. vor dem schreibtisch standen zwei moderne besuchersessel aus chrom und leder und an der ewig hohen stuckdecke hing ein kristalllüster, der eigentlich in einen ballsaal oder ein opernfoyer gehörte.

„ist irgendetwas anders als sonst?" erkundigte sich kieselbach.

„nicht dass ich wüsste", erklärte der graue nachdem er sich flüchtig umgesehen hatte. „der urwald könnte mal wieder einen schluck wasser vertragen. glaubt ihr eigentlich, dass ihr den täter erwischt?"

„keine ahnung", antwortete der kommissar.

„wie die studierten hier. wissen alles über malerei, aber kriegen kein bild gerade an die wand", erklärte der manager und grinste.

„genau." kieselbach ging ein mal um den zentral stehenden schreibtisch. außer der peinlichen ordnung gab es nichts auffälliges.

„irgendwie war der mann komisch", erklärte der graue. „korrekt, aber immer total cool. ich glaube, der ging zum lachen in den keller."

„solche leute soll´s geben", murmelte kieselbach, beendete die runde und verließ den raum. „bitte abschließen, und verschlossen halten. vielleicht macht die spurensicherung noch einen durchgang."

„würde mich wundern, wenn´s hier was zu finden gibt." der faciliy manager hantierte erneut mit seinen schlüsseln und probierte den türgriff. „dicht!" stellte er wichtig fest.

der kommissar nickte dem hausmeister zu und machte sich auf den weg ins sekretariat. es war kurz vor mittag und es herrschte hochbetrieb. knapp ein dutzend studenten drängten sich vor einer kleinen theke und hielten eine einzige, noch ziemlich junge sekretärin ununterbrochen in bewegung. papiere wurden hin und her gereicht, geprüft, abgelegt oder gestempelt, fragen wurden gestellt und beantwortet, und zwischendurch schrillte in regelmäßigen abständen das telephon. trotz allem blieb die dame auf der anderen seite der theke freundlich und behandelte ihre kunden so, als wären sie stammgäste im walldorf-astoria.

kieselbach wartete geduldig bis er an die reihe kam und beobachtete. bis jetzt waren universitäten für ihn nur abstrakte größen gewesen, institutionen die hin und wieder in den nachrichten auftauchten, wenn ihre benutzer mit irgendwelchen demos, die man landläufig für völlig überflüssig hielt, von sich reden machten. studenten hatten zu studieren und nicht das system infrage zu stellen, das sie förderte und ernährte.

jetzt erlebte er, dass diese freigeister und gelegenheitsdemonstranten genau so in der bürokratischen tretmühle hingen und ihre probleme hatten wie alle anderen auch, und zwar bis exakt zwölf uhr, dann wurde die tretmühle geschlossen. dies verkündete zumindest eine kleine tafel draußen an der schmucklosen wand vor dem geschäftszimmer.

unauffällig präsentierte er seine dienstmarke und trug seinen wunsch vor. die sekretärin warf einen kurzen blick auf die große bahnhofsuhr-nachbildung über ihrem schreibtisch.

„wir können uns in einer viertelstunde unten in der cafeteria treffen, dann mache ich hier schluss", erklärte sie mit ungebrochener freundlichkeit, so als hätte sie gerade nachricht von einem mittelgroßen lotteriegewinn erhalten.

„gehen sie vor und sichern sie uns einen tisch. in der mittagszeit ist das nicht immer ganz einfach." kieselbach nickte und wurde augenblicklich von seinem hintermann auf die seite geschoben, der beklagte, dass ihm vor knapp vier wochen oder so, irgendwie das studienbuch abhanden gekommen war. die putzfrau zu hause hatte seine bude aufgeräumt, und weg war das gute stück.

input

die cafeteria lag im erdgeschoß des gebäudes und war leicht zu finden. aus allen gängen liefen studenten in ihre richtung und je näher man ihr kam, desto höher wurde der geräuschpegel. rechts und links der doppelflügeligen eingangstür hingen riesige anschlagbretter, mit hunderten von mehr oder weniger gut aufgemachten anfragen, kauf-, verkauf- und suchmeldungen, die zum teil nur für insider zu entschlüsseln waren. kieselbach konnte sich unter der rubrik ´mfg gegen bkb´ nicht das geringste vorstellen. der anschlag ´wg sucht mitbewohner, musikstudenten zwecklos´ dagegen war verständlich und ließ vergangene, handfeste dramen erahnen.

die cafeteria selbst hatte ähnlichkeiten mit einem riesigen schnellrestaurant und verfügte über eine ausgedehnte fensterfront mit blick auf das campusgelände. es roch nach küche und die bude war rappelvoll.

kieselbach reihte sich ein in die schlange der wartenden und defilierte im gänsemarsch und einem plastetablett in den händen an der verglasten selbstbedienungstheke vorbei hinter der das servicepersonal routiniert damit beschäftigt war die wünsche der vorbeiziehenden kundschaft zu erfüllen. ´italienische woche´ stand auf einer alten, grün-grauen schultafel zu lesen, die man mitsamt gestell schräg unter die hellweiße decke gedübelt hatte.

als lukas kieselbach an die reihe kam, bestellte er einen großen capuccino für die dame aus dem sekretaritat; eine tasse schwarzen tee für sich und sicherheitshalber eine flasche wasser.

„woher wissen sie, dass ich cappucino trinke?" fragte eine stimme von hinten. frau kilka hatte offensichtlich das sekretariat geschlossen und strahlte ihn an.

„instinkt", entgegnete kieselbach und zahlte. was ihm die kassendame berechnete, hätte anderswo kaum für eine normale tasse kaffee gereicht.

sie fanden einen winzigen, freien tisch hinter einem leeren garderobenständer und setzten sich. kieselbach schätzte die dame auf mitte zwanzig. sie hatte dunkelbraune, rötlich schimmernde, kurze haare, beinahe schwarze augen und einen frisch geschminkten kußmund. wahrscheinlich längst vergeben, dachte kieselbach, und zog den teebeutel aus der tasse.

„sie möchten also einiges über doktor herold wissen, oder?"

der kommissar nickte.

„na, dann schießen sie mal los", forderte ihn die junge dame auf. so wie es aussah, schien sie das ganze ungeheuer spannend zu finden.

„kein problem", erklärte der kommissar. „erzählen sie einfach, was ihnen so durch den kopf geht, im bezug auf doktor herold."

„wenn ich damit anfange, dann sitzen wir morgen früh noch hier", antwortete die sekretärin. „könnten sie vielleicht etwas genauer fragen?"

„ich bin doch nicht ihr klassenlehrer", antwortete lukas kieselbach und verteilte mineralwasser.

„gut, dann werde ich ihnen auf die sprünge helfen", erklärte die junge frau. „doktor herold war ein pedant, ein entsetzlicher bürokrat, der alle leute auf die palme bringen konnte, seine studenten, seine kollegen und mich auch. alles bei ihm musste perfekt sein, makellos, auf den punkt und die sekunde genau. eine seminararbeit bei ihm mit verspätung abzugeben, war absolut sinnlos. und wenn die post nicht um punkt zehn uhr auf seinem schreibtisch lag, dann stand der feine herr fünf sekunden später als ventilator im geschäftszimmer, egal ob mir die arbeit bis zum hals stand oder nicht."

ihr hals war auch nicht schlecht, dachte lukas kieselbach.

„mit anderen worten, sie hätten auch ein motiv gehabt?"

„mindestens drei mal die woche." die junge dame lächelte. „und in der letzten woche war der gute doktor besonders unausstehlich."

„wieso?"

„weil canisius ihm drei doktorarbeiten zur korrektur aufs auge gedrückt hatte, die auf dem schreibtisch des lieben herrn professors schon seit knapp einem jahr vor sich hinmoderten."

„aha", kieselbach grinste. „auch hier setzen gewisse dinge schimmel an?"

„insbesondere beim chef." die sekretärin grinste zurück. „manche leute haben jahrelang auf ihre titel warten müssen. der herr professor kümmert sich lieber um künstlerische belange."

„und herold durfte letztendlich die arbeit des professors machen?"

„genau. die assistenten machen immer die arbeit und der professor bekommt das geld."

„wieso geld?" erkundigte sich kieselbach.

die dame lächelte den kommissar an wie ein lehrerin, die bei ihrem schüler bei eine peinliche informationslücke entdeckt hatte.

„professoren erhalten für jeden prüfling eine art bonus, ein zusatzgehalt, weil sie, über ihre allgemeine lehrverpflichtung hinaus, mit prüfungen einiges an arbeit haben."

„verstehe", murmelte kieselbach. der chef kassiert und die arbeit machen andere. universitärer kapitalismus.

„war doktor herold bei seinen studenten und den kollegen beliebt?"

die dame schüttelte den kopf. „nö. der liebe doktor war ziemlich abgehoben und hielt sich für was besseres, aber fragen sie mich nicht warum. vielleicht, weil er geld hatte."

„doktor herold war vermögend?"

„ich habe natürlich nie seinen kontostand gesehen, aber das drumherum war schon beeindruckend, das outfit, die autos, na ja und dann seine penthousewohnung und dieses neue haus im urwald. wenn man so lebt, sollte man geld haben. von einem einfachen dozentengehalt lässt sich das alles bestimmt nicht bestreiten. wahrscheinlich haben papi und mami ihrem liebling tüchtig zugeschustert."

„aber canisius und herold kamen miteinander klar, trotz der mehrarbeit?"

„so? ist mir nicht aufgefallen", antwortete die dame mit den kurzen, rotbraunen haaren. „der alte hat sich oft genug über herold aufgeregt, manchmal war er sogar richtig wütend auf ihn."

„weshalb?"

„keine ahnung. wahrscheinlich wegen irgendwelcher organisatorischen oder wissenschaftlichen sachen, vorlesungen, prüfungen und so. wie gesagt, herold war ein echter besserwisser und korintenkacker und canisius ist zerstreut ohne ende, ein echter professor. und das arbeiten hat er auch nicht gerade erfunden. aber genau kann ich ihnen nicht sagen, warum der chef so oft sauer auf herold war."

„schade."

„wieso? hat denn jemand behauptet, canisius und herold hätten ein besonders gutes verhältnis?"

„doktor schreckenberg", antwortete kieselbach und nippte an seinem immer noch heißen tee.

„klar, wer sonst?" die sekretärin schüttelte den kopf. „sie müssen wissen, unser lieber doktor schreckenberg vermutet überall verschwörungen und intrigen gegen ihn. der ganze qualm in seiner bude vernebel vermutlich sein wahrnehmungsvermögen."

„und wie kamen herold und schreckenberg miteinander klar?"

„überhaupt nicht. die zwei waren wie hund und katze. wenn herold nicht so ein jämmerlicher waschlappen gewesen wäre, dann hätten sich die beiden mindestens ein mal pro monat geprügelt. aber wenn sie wieder mal eine ihrer berühmten kontroversen hatten, dann ist herold meist ziemlich schnell in seine suite geflüchtet und hat abgeschlossen."

„es hat also ziemlich oft gekracht zwischen den beiden?"

„ständig, würde ich sagen", erklärte die freundliche junge dame. „sobald die zwei aufeinander trafen ging die post ab."

„wissen sie etwas über herolds privatleben?"

die sekretärin schüttelte den kopf. „so gut wie nichts. der mann war genauso langweilig wie seine bilder."

„hat herold gemalt?"

„ich glaube, der wusste nicht mal, an welchem ende ein pinsel angepackt wird. – er hatte nur immer irgendwelche tollen schinken dabei. die durfte ich dann bewundern, wenn ich ihm die post brachte. totlangweiliges zeugs. aber das war seine welt."

„hatte herold freunde?"

„keine ahnung." die junge frau schüttelte den kopf. „hier ist nie jemand häufiger aufgetaucht. bei canisius fliegen ständig die leute ein. "

„war herold liiert? ich meine, war da irgendeine herzdame?"

die braunrote sekretärin kicherte. „wenn man dem alten nörgelkopp etwas tiefer in die augen schaute, bekam er herrlich rote ohren.

ich glaube, der junge war mächtig verklemmmt."

„also keine frauengeschichten?"

„das würde ich nicht sagen. es gab da eine dame, die hier hin und wieder aufkreuzte, eine von diesen galerietanten. leicht abgedreht, dezent schrill aufgestylt. so eine ´wo-ich-bin-ist-vorne-tussi´. ob madame und herold was miteinander hatten, keine ahnung."

„kennen sie den namen der dame?"

„elten, verena von elten. die dame hat eine dieser galerien im stadtzentrum. moderne kunst und so. bin 1000 mal an dem laden vorbeigelaufen, habe aber nie einen kunden gesehen. möchte wissen, wovon die dame so lebt."

der kommissar zuckte mit den schultern. „sonst noch was?"

die sekretärin schüttelte den kopf. „der alltagskram und das letzte sommerfest werden ihnen wahrscheinlich nicht großartig weiterhelfen, oder?"

„keine ahnung", antwortete kieselbach. „man weiß erst wo der schlüssel lag, wenn man ihn gefunden hat."

„netter spruch. ist der von ihnen?"

„von meiner oma."

sie standen auf, räumten ihre tassen, untertassen und gläser zusammen und marschierten zur geschirrabgabe. ein fast noch strahlend weißes förderband transportierte die benutzen teile langsam aber kontinuierlich in die tiefen der küche.

kieselbach begleitete die flotte sekretärin bis zum treppenaufgang der hinauf zu ihrem büro führte.

„ach so, noch eine sache!" die dame blieb stehen und tippte sich an die stirn. „ich weiß nicht, ob es von bedeutung ist, aber mitte letzter woche hatten unsere beiden kampfhähne eine kurze und ziemlich einseitige auseinandersetzung."

„herold und schreckenberg?"

„genau", antwortete die sekretärin. „doktor schreckenberg hatte seinen kollegen unter den armen gepackt, hochgehoben und trug ihn durch den flur wie eine schaufensterpuppe. ich glaube, wenn ich nicht erschienen wäre, dann hätte er herold durchs geschlossene etagenfenster gefeuert."

„und herold hat sich nicht gewehrt?"

„nö, der hing da wie tot", antwortete die sekretärin, hielt einen moment inne und murmelte: „oh, entschuldigung."

der kommissar winkte ab. „eine frage noch. ich weiß, es ist indiskret, aber – hatten sie ein verhältnis mit doktor herold?"

die junge dame lächelte amüsiert und schüttelte den kopf. „nicht dass ich wüsste. der herr war absolut nicht mein typ. manikürte fingernägel und grelle seidenkrawatten sind absolut nicht mein ding."

„unsere dienstkrawatten sind aus recycelten abschleppseilen", murmelte lukas kieselbach und blickte prüfend auf seine zu neunzig prozent sauberen fingernägel.

„schon besser", antwortete die sekretärin.

im büro

„da kam einiges zusammen, über diesen doktor herold", verkündete minkner und blätterte wichtig in seinem kleinen, zerfledderten notizbuch.

„prima, aber mach´s nicht so spannend", murmelte kieselbach und blickte von seinem dienstzimmer hinaus auf den kirchplatz vor st. nikolai. der planet knallte vom himmel und die meisten touris hatten sich in den schattigen spreewald verzogen. das grüne blätterdach machte auch die größte mittagshitze einigermaßen erträglich.

bert enderlein, sein kollege von der kripo saß an der besucherseite des schreibtisches und minkner hatte sich am schmalen konferenztisch ausgebreitet. auch er hatte den vormittag in cottbus verbracht.

„dieser herold hatte eine fette penthauswohnung am altmarkt, allerbeste wohngegend. mit zwei tiefgaragenplätzen. die hütte ist allerdings seit vier wochen vermietet an irgendeinen windigen versicherungsfutzi. hier ist die karte."

kieselbach nahm den karton und las ´sven neumann, vermögensberatung´. darunter stand eine handynummer plus e-mail adresse. „und weiter?"

„wird noch besser", verkündete der hauptwachtmeister. „diesem schwertschlucker gehörte nämlich nicht nur die penthauswohnung sondern der gesamte schuppen. vier parteien, supergute wohnsubstanz, ungefährer verkaufswert knapp sieben bis achthundertausend euro."

„alles bezahlt, oder nur bankeigentum?"

„bis auf einen schlappen rest von fünfzigtausend alles sauber, sagt die bank. der chef wollte mich zuerst abwimmeln, aber ich hab ihn so lange zugetextet, bis er mit den zahlen rüberkam."

„das gibt ein fleißkärtchen", lobte der kommissar.

„wie wär´s mit einem tag sonderurlaub zum kneipenfest im november?" erkundigte sich minkner.

„und anschließendem verlust der muttersprache für eine woche", knurrte der dienststellenleiter. „vergiß es."

„boh ey, sind wir hier im kloster?" maulte der hauptmeister.

„weiter im text", ordnete kieselbach an. „was gibt´s sonst noch?"

„einen nagelneuen porsche carrera. steht am ortseingang von lehde in einer dieser alten trabigaragen. drei monate alt, knapp zweitausend kilometer gelaufen. neupreis deutlich über hundertausend."

„bezahlt oder geleast?"

„keine ahnung, dafür hat die zeit noch nicht gereicht."

„nachliefern, aber pronto."

„ay, ay, käpt´n", quakte minkner.

„was verdient eigentlich so ein möchtegern-professor?" erkundigte sich enderlein.

kieselbach zuckte mit den schultern. „keine ahnung. aber ich wette, mit sicherheit nicht genug, um diesen wohnblock in cottbus und den rennwagen finanzieren zu können. dafür braucht man ganz andere geldquellen."

„dazu kommt noch das krämer-haus in lehde", funkte minkner dazwischen. „dürfte unter brüdern mindestens dreihundertausend gekostet haben, mit grundstück, nebengebäuden, gurkenfaß und sträßchen."

„ganz schön heftig für ein schlappes dozentengehalt, wenn man alles zusammenrechnet", warf enderlein ein. „damit dürfte man nicht mal die zinsen bezahlen können."

„falls zinsen anfallen", murmelte kieselbach in richtung minkner. „irgendwelche erkenntnisse über die finanzierung der krämer-villa?"

„ich kann mich nicht vierteilen, leute", beschwerte sich der wachtmeister. „zuerst die wohnungsbesichtigung, dann die bank und jetzt hier. mehr war nicht drin. morgen geht´s in alter frische weiter."

„von wegen, alter freund und kupferstecher. du machst dich sofort auf die socken. wir haben ein absolut scheußliches kapitalverbrechen an den hacken. und die gesamte kunstwelt wartet auf eine aufklärung, plus attila honecker."

„das alte sackgesicht", knurrte minkner. „für die flitzpiepe hätte seine mutter besser ´ne reihe möhren gepflanzt."

„ganz meine meinung," erklärte kieselbach. „aber der knabe wird uns gewaltig einheizen, wenn nicht zügig resultate kommen. also ran an die finanzierung."

„aber die banken machen gleich dicht", beschwerte sich minkner und blickte auf seine armbanduhr, „in 31 minuten."

„wenn´s knapp wird, dann laß dir was einfallen. quetsch von mir aus die krämers aus, die müssten doch wissen, was gelaufen ist, oder?"

„oder ich könnte bräsemann fragen." minkners gesicht hellte sich schlagartig auf. „genau, bräsemann."

„bräsemann? was hat der alte bruchpilot mit der krämer-villa am hut?"

„nicht der alte, sondern der sohneman, hubert."

„ach so, ´bräsemann, bootsverleih und kahnfahren für anfänger´."

„volltreffer, chef."

„und wie kommt der ins spiel?"

„ganz einfach. dieser neureiche doktor herold hat hubert die kämer-villa direkt vor der nase weggeschnappt."

„das heißt, herold hat bräsemann überboten?"
„oder so."
„na, dann setz dich in bewegung."
„jetzt, so kurz vor dienstschluss?"
„gibt es einen besseren moment für ein feierabendbier? 35 grad im schatten und dann bei bräsemann junior am wasser auf der terrasse?"
„fehlt nur noch die bauchtanzgruppe." minkner grinste und packte seine utensilien.
kieselbachs diensttelefon meldete sich.
„hör mal, du alter gangsterschreck", plärrte attila honecker vom anderen ende. „hast du diesen doktor schreckenstein schon in der mangel gehabt, diesen verqualmten kollegen von herold?"
„doktor schreckenberg."
„von mir aus auch frankenstein", kam es locker zurück. „diese schreckgestalt soll eine verdammt bewegte vergangenheit haben, bundeswehr, gsg 9, nahkampftraining und ähnliche scherze. der mann hat mehr drauf als die üblichen traumtänzer an so einer uni. der knabe weiß wie man leuten das licht ausbläst, jede wette."
„und du hast sein geständnis?"
„kommt noch! stellt sich leider etwas sperrig an, dieser funkturm. verpasst sonst die chance seines lebens. würde als inhaftierter professor auf einen schlag mehr kohle machen als mit 100 jahren arbeit. ich könnte ihm da wunderbare exklusivverträge besorgen, bei jedem sender. danach erscheinen dann noch eine biographie und eine serie über kunst und kultur direkt aus dem knast. 10 bände, hochglanz, handsigniert, zum einmaligen vorzugspreis von nur 39,50."
„verdammt günstig."
„pro band, du ei", blaffte der reporter. „nicht für den ganzen müll, pro band. der knabe wäre mit einer unterschrift millionär."
„und meuchelmörder."
„na und? kein ruhm ohne opfer. - außerdem, in fünf jahren kräht kein hahn mehr nach der nummer. vorzeitige entlassung wegen hervorragender führung, und dann ab in die karibik und die puppen tanzen lassen."

„genial, honecker. warum unterschreibst du nicht das geständnis? du würdest millionär und wir hätten dich von der backe."

„nö, kann ich meiner freundin nicht antun", antwortete der dicke.

„du hast ´ne freundin?" erkundigte sich kieselbach überrascht.

„nicht dass ich wüsste, kann aber noch kommen."

„keine chance, honecker. da wird jeder blindhund sofort aggressiv."

moderne kunst

der kommissar wußte ungefähr wo sich die kleine galerie befand, von der die untypische verwaltungsdame gesprochen hatte. sie lag mitten in cottbus, in einer der kleinen seitenstraßen am altmarkt, ein exot unter den herrenausstattern, damenkonfektionären, restaurants und schuhgeschäften, die sich hier breitgemacht hatten.

die türglocke imitierte den stundenschlag von big ben, als kieselbach das geschäft betrat. eine elegante, in ein langes, schwarzes leinenkleid gehüllte dame saß an einer art bistrotisch und blätterte in einem bunten kulturmagazin. sie war dezent geschminkt und hatte kohlrabenschwarzes, schulterlanges haar, das bei näherem hinsehen sogar einen leichten blauschimmer aufwies.

prüfend, aber ohne sachverstand überflog kieselbach das galerieangebot an den wänden und auf den staffeleien, die in größzügigen abständen im raum aufgestellt waren.

„kann ich ihnen weiterhelfen?" erkundigte sich die dame, so, als hätte sie mit jemandem zu tun, der sich offensichtlich verlaufen hatte.

der kommissar stellte sich vor und die galeristin lächelte.

„verena von elten. eigentlich hatte ich schon viel früher mit ihrem besuch gerechnet."

„wieso?"

„nun, doktor herold und ich waren schließlich befreundet und wenn man einen mörder sucht, wie in diesem fall, dann fängt die suche doch für gewöhnlich in der nächsten umgebung des opfers an, oder täusche ich mich da?"

„haben sie erfahrung mit mordfällen?" erkundigte sich kieselbach verwundert.

„ziemlich", antwortete die elegante dame, deren alter schwer zu schätzen war. sie konnte mitte dreißig aber auch schon anfang fünfzig sein, das make-up und die beleuchtung machten eine genaue schätzung schwer. „leider sind meine kenntnisse nur literarischer natur. ich liebe kriminalromane, klassische kriminalromane."

„und da taucht die polizei immer direkt bei den freunden und bekannten auf?" erkundigte sich der kommissar, den krimis auch schon vor seinem eintritt in den polizeidienst ziemlich kalt gelassen hatten, danach erst recht. viele autoren hatten von polizeiarbeit so viel ahnung wie hamster vom kegeln.

„in der regel schon, weil ansonsten viel zu viele spuren verlorengehen", entgegnete die dame mit den schwarzblauen haaren.

wirkliche spuren gingen selten verloren, diese erfahrung hatte kieselbach in den letzten dienstjahren immer wieder gemacht. das problem lag viel eher darin, diese spuren zu erkennen und dann richtig zu bewerten.

„gut, dann hoffen wir eben, dass noch nicht alles verloren ist", erklärte der kommissar mit einem unverbindlichen lächeln.

die kunstverkäuferin bot ihm einen futuristischen, eckigen stuhl an, auf dem er mit mühe platz fand.

„etwas zu trinken?"

kieselbach nickte. „wasser." draußen glühte das pflaster. kein wunder bei durchgehend 30 bis 35 grad seit mehr als drei wochen.

„keinen drink?"

der kommissar winkte ab. „dienst ist dienst und schnaps ist schnaps."

verena von elten verschwand für einen moment in einem hinterzimmer und kehrte mit zwei gläsern und einer gekühlten flasche selters zurück.

„sie waren mit doktor herold befreundet?"

„na ja", antwortete die ladenbesitzerin abwägend, „irgendwie schon, aber wir waren kein paar, wenn sie das meinen."

„was dann, wenn ich fragen darf?"

„sie dürfen. vielleicht waren wir so etwas wie verwandte seelen. doktor herold interessierte sich für kunst, ausschließlich für kunst, und meine interessen liegen ähnlich. wir konnten uns diesbezüglich wunderbar austauschen und viel voneinander lernen. philip, das heißt doktor herold, war ein sehr gebildeter mensch. mehr war da nicht."

„gab es andere frauen in seinem leben?"

die galeristin lächelte schwach. „außer seiner mutter, glaube ich, keine. aber diese spur wird sie sicherlich nicht weiterbringen. partnerschaft interessierte doktor herold nicht. mit jemandem ständig auf tuchfühlung zu leben, war für philip ein ding der unmöglichkeit."

„ernsthaft?"

„absolut. eine vernissage, ein empfang, ein abend unter leuten, okay, aber das war´s. mehr kontakt war absolut nicht sein ding." sie schüttelte entschieden den kopf. „in dieser richtung werden sie wahrscheinlich nicht auf den mörder oder die mörderin stoßen."

„kennen sie eine richtung die mehr erfolg versprechen würde?"

„ehrlich gesagt, herr kommissar, seit zwei tagen und zwei nächten geht mir nichts anderes mehr durch den kopf. wer konnte einen ernsthaften grund haben philip umzubringen? ich bin zu keinem vernünftigen ergebnis gekommen. die plausibelste erklärung für mich ist, dass es eine verwechselung gegeben hat. der täter muss sich schlicht und ergreifend geirrt haben."

„ich kann das gegenteil nicht beweisen", antwortete kieselbach nach kurzem überlegen, „aber meines wissens wäre das ein einmaliger fall."

die dame winkte energisch ab. „irgendwann anfang der neunziger hat die ira in deutschland eine frau erschossen und sich anschließend in einem bekennerschreiben für diesen mord entschuldigt, weil man versehentlich die falsche erwischt hatte."

„stimmt." der kommissar nickte, er konnte sich vage an den vorfall erinnern. „aber selbst dann müssten wir den mörder finden."

„richtig, aber es würde die sache enorm komplizieren, oder? wie wollen sie einen täter fassen, der weder ein motiv hat noch eindeutige spuren hinterlässt?"

„durch intensive recherche, zum beispiel", antwortete kieselbach.

„sie sind berufsoptimist, oder?"

lukas kieselbach nickte. „aber optimismus ist heilbar, besonders durch polizeidienst."

„nicht nur da", murmelte die dame.

„na gut, dann weiter im text", unterbrach der kommissar die halb-philosophischen betrachtungen. „doktor herold nagte nicht unbedingt am hungertuch, oder?"

„wir haben nie tiefgreifend über finanzielle dinge gesprochen, abgesehen von einigen preisen, aber ich glaube, es ging ihm nicht schlecht."

„so weit wir ermitteln konnten, verfügte doktor herold über einen exklusiven geschmack im bezug auf unterbringung, fahrzeuge und kleidung. wie konnte er diese exklusivität mit seinem dozentengehalt finanzieren?"

„ganz einfach, - philip war ein ausgesprochen geschäftstüchtiger mensch, er hätte es auch in der freien wirtschaft mit sicherheit weit gebracht."

„das heißt, doktor herold hatte nebeneinkünfte?"

„einige", bestätigte die galeristin. „philip dozierte nicht nur über kunst, er handelte auch extensiv mit ihr."

„ach was! und wie?"

„auf die einfachste art und weise die es gibt."

„und die wäre?"

„na ja, man kauft dinge zu möglichst günstigen konditionen ein und versucht sie dann so teuer wie möglich an den kunden zu bringen."

„und das funktioniert?"

„bei doktor herold schon. er saß ja genau an der quelle."

„an welcher quelle?"

„na ja", fuhr die expertin fort. „an doktor herolds institut gab es nicht nur blutleere theoretiker sondern auch immer wieder künstlerisch hochbegabte junge leute. mit entsprechender förderung war da einiges zu machen."

„und was war da zu machen?" erkundigte sich kieselbach.

„die sache lief im grunde sehr simpel ab. doktor herold fischte von zeit zu zeit eines dieser kleinen genies aus der masse heraus und vermarktete es. das heißt, er organisierte für den betreffenden vernissagen, brachte ihn bei renommierten galeristen unter, verfaßte gelehrte und umsatzfördernde kritiken und sorgte für den verkauf der objekte. die vertragsbedingungen waren allerdings so abgefaßt, dass der größte teil des gewinnes immer bei philip hängenblieb."

„und das funktionierte? ich meine, dass ließen diese ´kleinen genies´ mit sich machen?"

„ohne einwände. im gegenteil. diese anfänger mussten ja dankbar dafür sein, dass jemand wie philip ihnen eine reelle chance verschaffte, sich in der szene einen namen zu machen. 99,9 prozent aller angehenden picassos und van goghs bleiben unbekannte würstchen, die mit ihren werken nicht aus den eigenen vier wänden kommen. - na ja, und die galeristen bekamen publicity und umsatz und die verehrte kundschaft glaubte, sie schleppte echte kunst mit nach hause, die mit der zeit an wert gewinnt, und zwar gewaltig. das ist heute auf dem kunstmarkt entscheidend. optik und künstlerische belange sind zweitrangig, was zählt sind die gewinnaussichten. kunstwerke werden immer mehr als renditeobjekte gehandelt, wie aktien."

„man kann sich dabei aber auch gründlich verspekulieren?"

„selbstverständlich. garantie gibt es keine", antwortete die galeristin. „wissen sie, in früheren zeiten hielt man die künstler für verrückt und die käufer für clever. heutzutage hat sich die sachlage umgekehrt."

„im klartext, viele dinge, die angeboten werden, sind ihr geld nicht wert."

„das wäre zu viel gesagt", antwortete die dame in schwarz. „es ist vielleicht nicht das wert, was die käufer darin sehen. aber das muss jeder käufer mit sich selber ausmachen. wie an der börse. ob sie in aktien investieren wollen und wenn ja, in welche, ist ganz alleine ihre entscheidung. broker haben da höchstens eine beratende funktion."

„die dann oft zum eigenen vorteil genutzt wird?"

„das ist das nächste risiko bei der sache."

„und doktor herold war als berater erfolgreich tätig?" erkundigte sich kieselbach.

die adelige dame nickte energisch. „sehr!"

„und er hat dabei mit ihnen zusammengearbeitet?"

„wir haben es versucht, anfangs, aber es stellte sich schnell heraus, dass mein geschäft zu klein war für das, was philip plante und dann auch durchführte. bei kleinen galerien ist auch nur kleines geld zu verdienen, das große geld winkt in den bekannteren häusern."

„wo zum beispiel?"

„bei böker & solms."

„tatsächlich?" kieselbach war nicht sonderlich überrascht. böker & solms. direkt nach der wende hatte sich der laden in lübbenau etabliert, direkt im schloss, das erste wessi-unternehmen im ort überhaupt. die inhaber hatte das komplette erdgeschoss übernommen, mit kunst und antiquitäten vollgestopft und nebenher schloss und park renoviert. so ähnlich hatten sich viele den westen vorgestellt. gediegen, anpackend und finanzstark.

„das führende haus weit und breit", erklärte die galeristin.

„nicht schlecht."

„bestimmt nicht", antwortete die dame. „für unsereinen blieben nur die kleinen fische oder die abgelegten hüte, wie diese hier."

mit einer flüchtigen bewegung wies verena von elten auf vier ziemlich große bilder, die ein nicht besonders aufregendes dasein im dezent beleuchteten hintergrund des ausstellungsraumes fristeten. „benjamin büren, bis vor kurzem der neue stern am himmel der unkonkreten malerei, dann bei philip in ungnade gefallen und abgestürzt. heute kaum noch zu verkaufen. leider, denn der junge ist echt talentiert."

benjamin büren, der name sagte kieselbach nicht viel, aber das konnte sich ändern. abgelegte hüte erzählen oft mehr über ihren besitzer als neue.

böker & solms

das schloss war weniger als fünf minuten fußweg von der wache entfernt, rechts um die ecke, dann geradeaus, am ´fontane´, an sporthaus köhler und müller-jäger vorbei, über die mühlenwehrbrücke, links den kleinen rewe-laden, danach foto-michaelis bis zum bronzegrafen rochus von lynar vor der schlossmauer, dessen nachfahren das schloss vor knapp vierhundert jahren mitten in den spreewald gesetzt hatten.

hinter der mauer bog kieselbach links ab, passierte die alte kanzlei und lief direkt auf das schloss und die kunsthandlung zu. vor dem geschäft befand sich die terrasse des schlosscafés, unten am ende der leicht abschüssigen wiese dominierte die herrschaftliche orangerie die szene. besser als bröker & solms konnte man ein unternehmen dieser art nicht platzieren.

für einen moment blieb der kommissar vor den beiden ausladenden schaufenstern links des einganges stehen. im vorderen bereich, auf dekorativen staffeleien plaziert und indirekt angestrahlt, standen vier kompakte und dunkle ölgemälde flämischer meister des siebzehnten jahrhunderts, in der hinteren abteilung präsentierten sich ein halbes dutzend massiver bronzeplastiken neueren datums auf massiven marmorsäulen dem betrachter, alte und neue unalltäglichkeit in repräsentativem rahmen.

die atmosphäre im inneren des geschäftes war ähnlich gediegen, wie es die fassade vermuten ließ. schwere läufer dämpften die schritte der kunden und des personals und ein hauch von nicht allzu schwerer klassischer musik schwebte durch den raum.

interessiert und immer noch unkundig musterte kieselbach die ausgewählten exponate. kein provisionsabhängiger verkäufer stürzte sich auf ihn, es hatte nicht einmal den anschein, als ob man ihn aus der ferne beobachtete. kein wunder, denn dezent versteckt überwachten mindestens ein halbes dutzend kameras alle bewegungen im raum.

am ende seines kurzen rundganges lief der kommissar auf eine kleine theke zu, die früher einmal eine schiffsreling gewesen sein musste.

dahinter saß, in einem alten captain´s chair, ein herr mit silbergrauem haar, der augenblicklich seine schreibarbeit unterbrach und den ankömmling mit einem leichten kopfnicken aber schweigend begrüßte.

der kommissar stellte sich mit gedämpfter stimme vor und bat darum, jemanden aus der geschäftsleitung sprechen zu dürfen. der silbergraue herr nickte höflich, bat den kommissar auf einem orientalischen diwan platz zu nehmen und verschwand geräuschlos im raum.

kaum eine minute später kam er zurück, wie ein geist aus der flasche und komplimentierte den besucher wortlos in den verwaltungstrakt. das büro, das sie am ende des korridores betraten, war eine kopie des ausstellungsraumes. an den wänden hingen sorgfältig beleuchtete bilder in aufwendigen rahmen, skulpturen aus verschiedenen epochen waren an ausgewählten stellen im raum platziert und wahrscheinlich unbezahlbare teppiche vermittelten das gefühl über englischen rasen zu schreiten.

hinter einem beinahe zierlichen empire-schreibtisch mit aufwendigen intarsienarbeiten saß ein mittelgroßer mann, mit glattgescheiteltem, hellblonden haaren, den kieselbach auf höchstens dreißig schätzte.

der mann erhob sich formvollendet und kam kieselbach mit ausgestreckter rechter hand entgegen.

„viktor solms ist mein name. was kann ich für sie tun, herr kommissar?"

„sie sind der geschäftsführer?" erkundigte sich kieselbach.

viktor solms lächelte. „der alleininhaber, wenn sie es genau wissen wollen. mein vater ist vor drei jahren verstorben, und einen herrn böker gibt es schon seit 1988 nicht mehr. aber warum sollte man den namen eines bekannten hauses ohne notwendigkeit ändern?"

„wäre wahrscheinlich ungeschickt", murmelte der kommissar. „allerdings, wenn man so vor ihrem laden steht und der geballten kultur, dann erwartet man im hintergrund eigentlich gemütliche, alte herren mit rauschebärten."

„plus vatermörderkragen und monokel, ich weiß", fügte viktor solms mit einem eleganten lächeln hinzu. „so wie ihnen geht es den meisten klienten. die stammkundschaft ist natürlich mit der situation vertraut, aber newcomer und die laufkundschaft sind mitunter schon überrascht. einen drink?"

kieselbach schüttelte den kopf. „sie werden wahrscheinlich ahnen, warum ich hier bei ihnen erscheine."

viktor solms nickte. „es geht um doktor herold, oder?"

„leider gottes. als kunde wäre ich hier wahrscheinlich an der falschen adresse. mit einem polizistengehalt dürfte hier nicht viel zu machen sein."

„falsch", entgegnete der junge geschäftsmann, „grundlegend falsch. sie glauben gar nicht, mit wie wenig einsatz man heute ausgezeichnete kunst erwerben kann. ich rede natürlich nicht von rembrandts und van goghs, dieser markt ist für alle zeiten erledigt. aber sie dürften wissen, dass gerade van gogh zu lebzeiten nur ein einziges bild verkauft hat, an einen gnädigen verwandten, für einen betrag, der heute nicht mal für eine stunde im parkaus reichen würde. und jetzt? mit einem einzigen van gogh könnten wir mühelos den bundeshaushalt sanieren. das ist kunst und das sind renditen. wer heute in einen vielversprechenden, jungen künstler investiert, der kann eventuell morgen schon ein gemachter mann sein. ganz abgesehen von den ästhetischen werten, die man sich mit solchen werken nach hause holt."

„und sie hier sagen mir, wer ein vielversprechender künstler ist?" fragte der kommissar.

„mit absoluter sicherheit läßt sich das natürlich nicht voraussagen, aber wir würden uns die größte mühe geben."

„und worauf stützen sich solche prognosen?"

„auf das persönliche gespür, jahrelange erfahrung am markt und auf die kritiken anerkannter fachleuten."

„so wie doktor herold?"

„zum beispiel."

„hat er in der vergangenheit viele solcher kritiken für sie erstellt?"

„einige, aber fragen sie mich bitte nicht nach der genauen anzahl, das müsste ich nachschauen lassen."

„wie lange würde das dauern?"

„ein paar minuten."

„wenn sie so freundlich wären?" forderte kieselbach höflich.

viktor solms lächelte professionell, tippte eine kurze nummer in sein telephon und gab die entsprechende anweisung.

„gute kritiken heben den marktwert von künstlern und werken ganz erheblich, oder?"

„mitunter", antwortete der unternehmer eine spur einsilbiger als zu beginn.

„kann man diese wertsteigerung in prozenten ausdrücken?"

das lächeln auf dem glatten gesicht des jungen mannes verschwand.

„natürlich", antwortete er mit beginnender verärgerung. „wenn für unverkäufliche selbstversuche plötzlich ein tausender geboten wird, dann haben sie eine steigerung von tausend prozent."

„und derarige wertsteigerungen gab es häufiger bei der zusammenarbeit zwischen ihnen und doktor herold?"

„das war der sinn der übung", erklärte viktor solms ohne zögern. „wir sind schließlich kein subventionierter kulturbetrieb, sondern ein am markt operierendes privatunternehmen mit knapp zwanzig festangestellten mitarbeitern."

„und für alle beteiligten fiel bei dieser art der kooperation genug ab?"

„'genug' ist ein sehr relativer begriff", antwortete der kunsthändler.

„gab es bezüglich dieser beteiligung probleme mit doktor herold?"

der unternehmer schüttelte energisch den kopf. „es sind immer die künstler, die sich beklagen, sensible gemüter, leider ohne jeden sinn für das geschäftliche. da ist keiner, der sich nicht über den tisch gezogen fühlt. für die meisten von ihnen ist brutto gleich netto." der kunstexperte winkte ab. „und kommen sie diesen herrschaften bloß nie mit steuerlichen abgaben, den ausgaben für werbung und präsentation oder personal-, unterhalts-, versicherungs-, vertriebs- und lagerkosten."

es klopfte an der tür. eine junge dame in einem strengen, mittelgrauen kostüm betrat den raum und legte mit einem leisen ´bitte sehr´ eine flache, schwarze ledermappe auf den schmalen chefschreibtisch.

„die gesammelten kritiken und expertisen des verstorbenen", erklärte der verkaufsexperte.

„na wunderbar", lobte kieselbach. „dann gibt es wahrscheinlich auch eine aufstellung der an doktor herold gezahlten gelder?"

„mit sicherheit, aber diese aufstellung wird dauern."

„wie lange?"

„vielleicht einen tag. unsere buchhaltung wird eine spezielle liste anfertigen müssen."

„fein", antwortete der kommissar. „ich werde dann morgen nachmittag noch einmal vorbeischauen." schwerfällig erhob er sich aus dem nicht sonderlich bequemen empire-sessel, nahm die akten ohne ledermappe an sich und wandte sich zur tür.

„eine frage noch. wissen sie zufällig, wann van gogh gestorben ist?"

„1890", antwortete viktor solms ohne groß überlegen zu müssen.

„1890", wiederholte der kommissar. „da haben aber einige herrschaften verdammt lange auf ihre rendite warten müssen."

im bunten hecht

enderlein und kieselbach saßen allein im rustikalen gastraum und genossen frischen zander in senfsoße mit bratkartoffeln, frisch zubereitet von mutter kieselbach persönlich. draußen, die schattigen außenplätze rund um den ´bunten hecht´ waren bis auf den letzten stuhl vergeben. zwei rapppelvolle kähne waren unmittelbar hintereinander erschienen und eine zehnköpfige radlertruppe hatte kurz darauf das kleine lokal über den gut versteckten landweg getroffen. küche und bedienungen rotierten.

„sagt dir der name benjamin büren irgendwas?" fragte kieselbach sein gegenüber. in punkto allgemeinbildung war bert enderlein ihm immer eine nasenlänge voraus gewesen, manchmal auch anderthalb.

„benjamin büren?" enderlein nickte. „das ist dieser malertyp aus burg. soll der kommende stern am kunsthimmel sein, stand wenigstens so in der ´lausitzer´. ausstellungen in berlin, düsseldorf, et cetera."

„na super. und was produziert dieser ´spreewald-picasso´ so schönes?"

„große bunte bilder, turnhallenformat", erklärte der kripochef. „einige hingen auch mal im schloss. der junge muss allerdings kürzlich ziemlich auf die nase gefallen sein mit irgendeinem projekt. ging, glaube ich, um das neue museum in burg. da hat man unserem picasso kurzfristig den auftrag entzogen."

„einfach so?"

„einfach so."

„warum?"

„keine ahnung. war ein ziemliches hickhack. irgendeine pappnase aus gütersloh oder so hat plötzlich den zuschlag bekommen."

„tja, die sonne geht im westen auf", murmelte lukas kieselbach.

mit schwung öffnete sich die massive stubentür und hauptwachtmeister minkner polterte in den blitzeblanken raum. „aha, hier steckt die firmenleitung." schnaufend krachte er sich neben die kollegen an den stammtisch. „boh, leute, sind das vielleicht temperaturen." mit einem grau-weißen taschentuch wischte er sich den schweiß aus seinem hochroten gesicht. „kann man das essen?" schnarrte er dann und schnupperte mit seiner knollnase an kieselbachs senfzander.

„mit messer und gabel, ja", antwortete sein vorgesetzter.

„dann für mich auch ein mal schwimmfisch mit soße", plärrte minkner der vorbeieilenden bedienung hinterher. „mit viel bratkartoffeln und zwiebeln, klar?"

die servicekraft nickte kurz und lief weiter, vier menus auf händen und unterarmen.

„geht doch auf mitarbeitertarif, oder?" strahlend blickte der hauptwachtmeister den kommissar an.

„musst du mit der chefin klären, nicht mit mir", antwortete lukas kieselbach.

„ist doch deine mutter."

„stimmt. und ihr laden. nicht meiner."

„aber du erbst den schuppen doch mal."

„anzunehmen. aber bis dahin kassiert mama."

„dann bitte nur ein kleines wasser", trug minkner der zurückkommenden bedienung auf.

„das geht auf meine rechnung", erklärte der kommissar, „vorausgesetzt du hast handfeste informationen am mann."

„ganz heiße ware, chef, und garantiert schußecht."

„na, dann schieß los."

„also, das krämer-schloss hier um die ecke ging für schlappe 320.000 über den tisch des herrn. 80.000 in bar, 60.000 über bausparverträge und 50.000 als sicherheit über eine lebensversicherung. der rest kam von der bank."

„genau so?"

„genau so. exakt bis auf den letzten cent."

„und woher stammen diese centgenauen weisheiten? von bräsemann junior?"

„nee, der ist immer noch leicht verschnupft."

„weshalb?"

„na ja, weil dieser tote geldesel ihm die hütte vor der nase weggeschnappt hat."

„tja, geld regiert."

„genau", blaffte minkner. „bin sofort zu meinem onkel marschiert."

„zu welchem? du hast doch mindestens 23."

„stimmt, aber nur einer davon ist bankdirektor."

„wie praktisch."

„genau. und onkel ewald war voll im bilde, von hinten bis vorne, weil er hat die restfinanzierung gemacht."

„und geplaudert hat er auch", erkundigte sich enderlein.

„onkel ewald plappert immer wie ´ne wassermühle, man muss nur mit jagen anfangen. zuerst jagen und dann kommt der rest von ganz allein. ein stichwort reicht."

„trotz bankgeheimnis?"

„bankwas?" erkundigte sich der hauptwachtmeister.

„vergiß es."

„genau. ohne geht viel leichter."

„das heißt im klartext der gute herold hat 80.000 in bar hingeblättert, und für 110.000 verbriefte sicherheiten hinterlassen, sagt dein onkel ewald."

minkner nickte.

„das macht zusammen eine runde million, die unser halbprofessor in der letzten zeit unters volk gebracht hat. erstaunlich", erklärte kieselbach. kollege enderlein nickte.

„wie wärs mit ´nem bierchen für die prompte arbeit?" erkundigte sich minkner. „du könntest ja mal deine verbindungen zur geschäftsleitung spielen lassen."

„erstens arbeitet die polizei nicht auf prämienbasis und zweitens verteilt mama keinen alkohol an beamte während der dienstzeit, steht im arbeitsvertrag. außerdem gibt das ärger mit der berufsgenossenschaft, wenn du besoffen vom rad fällst."

„mit einem bier vom rad fallen?" minkner grinste. „da kann ich dir ganz andere sachen erzählen. neulich in zerkwitz, zum beispiel ..."

kieselbach winkte ab. „selbstanzeigen bitte nur in schriftlicher form. außerdem, dein fisch kommt."

„donnerwetter, das ging fix", lobte minker und griff zum werkzeug. „ach so, noch eins. irgendwer aus der nachbarschaft hat gesehen, wie dieser schreckenberg unserem verstorbenen an die wäsche gegangen ist. ziemlich heftig."

„wann und wo?"

„na, am samstagnachmittag, kurz vor dem mord. muss wohl ziemlich laut hergegangen sein zwischen den beiden. und am ende lag herold im modder."

„wo?"

„na, direkt auf seinem neuen grundstück. und dieser schreckenberg ist dann wieder zurück über den zaun. muss ganz schön kräftig sein, der knabe, und ziemlich lang. der kann aus der dachrinne trinken, sagt bräsemann."

„mahlzeit", knurrte kieselbach in den redeschwall.

„mahlzeit." minkner nickte und stach in die bratkartoffeln. schlagartig herrschte ruhe am tisch.

nachbarschaft

vom ´bunten hecht´ zum nächsten termin waren es knapp zwei minuten fußweg. an café venedig vorbei und dann rechts ab über eine schmale brücke. anders waren das schreckenberg-haus und die ehemalige krämer-villa in lehde nicht zu erreichen. danach trennten sie nur noch ein hüfthoher maschendrahtzaun und ein kleines sträßchen, das man aber am oberen ende leicht umgehen konnte. keine hindernisse für einen riesen wie schreckenberg.

gegen die beachtliche krämer-immobilie war das nachbarhaus eine schlichte, schmucklose angelegenheit, anderhalb geschossig, schmal, mit kleinen fenstern, original ddr-putz und anstrich. viel war hier nicht passiert in den letzten zwei jahrzehnten. nur die glänzende satellitenschüssel zeigte an, dass honni & co den abgang gemacht hatten.

energisches kindergebrüll schallte dem kommissar bereits an der pforte entgegen. die lautstärke steigerte sich je mehr er sich der haustür näherte. dort stand eine hochgewachsene frau anfang vierzig, mit wirren, langen haaren, einer glimmenden zigarette in der linken und einem quengelnden fünfjährigen an der rechten hand und blickte den ankömmling in uniform unfreundlich an.

„kieselbach, wasserschutzpolizei", stellte sich der kommissar vor und präsentierte seine marke.

„kielelbach, lutzpolizlei", äffte er knirps in dreifacher lautstärke nach, dass es durch den ganzen ort schallte. „kielelbach, lutzpolizlei." begeistert klatschte er in seine kleinen, rosigen hände.

ein zweiter, etwas älterer sprößling, der dem schreihals wie aus dem gesicht geschnitten war, kam heulend um die hausecke gelaufen. in seiner rechten befand sich ein bunter plastikspaten mit dem er unkontrolliert um sich schlug. hinter ihm erschien sein vater.

„kommen sie rein", rief er über den satten lärmpegel hinweg und machte für den fall, dass kieselbach seine einladung nicht verstanden haben sollte eine entsprechende handbewegung.

vorsichtig umkurvte der kommissar den brüllenden spatenschwinger und betrat das graue haus. der kurze flur war dunkel und flächendeckend mit irgendwelchem spielzeug bedeckt. ein ausgetretener flickenteppich lag nachlässig zusammengeschoben quer vor einer zimmertür und alles roch penetrant nach kaltem zigarettenrauch.

zusammen betraten sie ein winziges arbeitszimmer, in dem sich unterlagen, zeitschriften und bücher bis unter die decke stapelten. die luft war zum schneiden und kieselbach bekam einen hustenanfall.

„´tschuldigung", murmelte der hausherr, reichte mit seinen ewig langen armen über einen aktenberg und öffnete mit kräftigem zug ein schmales, klemmendes holzfenster durch das augenblicklich warme frischluft in den raum strömte.

„ich weiß, wir sollten weniger rauchen", erklärte der wissenschaftler und ertrug standhaft den rauchfreien luftzug. „theoretisch auch kein problem, nur praktisch."

„wann haben sie doktor herold das letzte mal gesprochen?" begann kieselbach ohne umschweife. er hatte genug familienidyll und nikotin erlebt.

der wissenschaftler sah ihn verwundert an. „ich glaube, am tag vor seiner, äh, ermordung, im institut", erklärte er.

„nicht zufällig noch am gleichen abend und dann direkt hier?"

„wie kommen sie denn darauf?" doktor schreckenberg ließ das fenster los und blickte kieselbach mit erstaunten, beinahe hellblauen augen an. vor zwanzig jahren und weniger verbraucht als heute, musste er ein ganz passabler bursche gewesen sein, ging es kieselbach durch den kopf.

„na ja, lehde ist nicht berlin. wer hier hustet, weckt die gesamte nachbarschaft."

„wir halten uns eigentlich aus allem raus", murmelte der kunstexperte.

„herold war da wohl die ausnahme", gab der kommissar zurück. „sie sollen den herrn ganz hübsch in die mangel genommen haben, wurde uns berichtet."

„totaler quatsch, ich habe dem alten stinkstiefel nur mal ordentlich die meinung gesagt."

„und warum?" draußen im garten ertönte protestierendes kindergeschrei.

„die alte geschichte", begann der dozent. „wir hatten uns zufällig auf der brücke getroffen, und auf dem weg zum haus musste der armleuchter mir natürlich brühwarm mitteilen, dass meine bewerbung vom tisch ist. canisius habe ihm, herold, definitiv mitgeteilt, dass er für den chefposten vorgesehen sei und nicht ich."

„und daraufhin sind sie handgreiflich geworden?"

„zuerst nicht. ich habe den knaben einfach faseln lassen. nur als er dann an seiner pforte stand und mir erklärte, dass meine zeit am institut abgelaufen ist und ihm außerdem meine brut fürchterlich auf die nerven geht, da ist mir kurzfristig der kragen geplatzt."

„und dann?"

„nix - 'und dann?'. die sache war absolut lächerlich. ich bin auf die flachpfeife los aber der typ hat überhaupt nicht reagiert. null reflexe. stand da und googelte mich an wie den weihnachtsmann.

ein kurzer schubser und der waschlappen lag im wasser. mehr war nicht, ehrenwort."

„und sie haben herold dann anschließend nicht zufällig mit einer fahrradspeiche bearbeitet?"

„glauben sie, dass ich ständig fahrradspeichen mit mir rumschleppe, nur mal so, für alle fälle?"

„solche leute soll es geben", entgegnete kieselbach und dachte an die letzte razzia in fünf berliner hauptschulen. mit dem erbeuteten material hätte man mühelos eine komplette anti-terror einheit technisch auf den neuesten stand bringen können.

„ich habe den knaben dann aus dem wasser gezogen und auf den nächsten terrassenstuhl geparkt. der junge war vielleicht etwas durcheinander als ich ging, aber er war putzmunter. das werden ihre kiebitze ja wohl auch mitbekommen haben, oder?"

„und die hebefigur im institut?" erkundigte sich der kommissar.

„ah, fräulein kilka hat aus dem nähkästchen geplaudert", erklärte schreckenberg.

„nun ja, man sieht eben nicht alle tage, wie ein wissenschaftler den anderen auf den arm nimmt."

„genau. herold wollte partout nicht glauben, dass man so ein würstchen wie ihn an den nächsten kleiderhaken hängen kann."

„und sie haben´s ihm bewiesen?"

„ungefähr. danach hat der armleuchter vorübergehend seine klappe gehalten."

„früher mal catcher gewesen?"

der dozent schüttelte den kopf. „bei uns in der familie wurde schach gespielt, tag und nacht."

„schach, mmhh. das stärkt die unterarme gewaltig." der kommissar tippte an seine mütze und trat den rückweg an. in augenhöhe neben der tür hing eine leicht vergrößerte, schlecht gerahmte fotographie. sie zeigte drei junge, grinsende männer in kampfuniformen, die lässig an einem tarnfarbenen bundeswehrhubschrauber lehnten. der mittlere und mit abstand größte konnte doktor schreckenberg sein.

der künstler

benjamin büren lebte in burg, abseits der ringchaussee. ein kurzer schotterweg führte über eine sonnenverbrannte wiesenfläche und die fast trockene ´kleine spree´ in eine kompakte hofanlage, die aus drei gebäuden bestand, von denen das mittlere jetzt offensichtlich als atelier diente, denn hinter einer hohen und breiten fensterfront befanden sich mehrere heftig große staffeleien. der quadratische innenhof war ordentlich gepflastert und ein alter ziehbrunnen in der mitte vervollständigte die ländlich-künstlerische idylle.

aus dem atelierhaus kam ein großgewachsener, massiger, junger mann mit langem braunem haar, das am hinterkopf zu einem beachtlichen zopf zusammengefasst war. auffällig taxierte der künstler den ankömmling von oben bis unten, so als handele es sich um eine neues modell.

„sie sind der kommissar?"

kieselbach nickte.

„na gut, dann hier lang." benjamin büren öffnete die tür zum atelier und kieselbach trat ein. die ehemalige scheune hatte keine teilenden wände mehr, und nur noch die hintere hälfte verfügte über eine hölzerne zwischendecke. ansonsten war der blick frei auf die krummen, uralten dachbalken und ein nicht isoliertes dach. es roch nach farbe und terpentin.

„setzen sie sich", kommandierte der künstler und deutet auf einen alten regiestuhl aus holz und leinen. kieselbach nahm platz.

„bier?" erkundigte sich büren.

der kommissar schüttelte den kopf.

„echt nicht? eiskalt und garantiert nicht vergiftet."

„dienstzeit ist fastenzeit", erklärte der polizist und winkte ab.

„scheiß job", feixte der maler, lief quer durch seine werkstatt, öffnete einen schmalen kühlschrank und entnahm einen massiven, dunkelbraunen krug. „andere fixen um in stimmung zu kommen, mir reicht das hier." er füllte ein henkelglas mit bier, trabte zurück und setzte sich in einen abgewetzten schaukelstuhl.

„sie wollen also infos über unseren abgetretenen kunstmogul", begann er.

„wäre nicht schlecht", antwortete kieselbach.

„kann einem nur schlecht von werden", antwortete der künstler. „halten sie mich nicht für pietätlos, aber herold war eine echte kanalratte, von der schlimmsten sorte. xxl."

„deckt sich mit unseren ermittlungen", antwortete kieselbach und dachte an das kühle bier, das ihm gerade durch die lappen ging.

„na wunderbar", erklärte büren trocken. „schauen sie sich hier um. dutzende von gemälden, vorbestellungen zum größten teil und kommissionen. und auf allem bin ich sitzen geblieben, dank dieser arschgeige."

kieselbach nickte wortlos. büren redete, und das war gut.

„wenn dieses miststück einen monat eher abgetreten wäre, dann hätte ich für die nächste zeit arbeit genug gehabt, vernünftige arbeit und müsste nicht wieder über die dörfer tingeln um hier und da ein bild zu verhökern."

„sie reden von der sache hier mit dem museum?"

„erraten", knurrte der künstler. „die ganze angelegenheit war eigentlich schon komplett in trockenen tüchern. zwei jahre lang habe ich für die gemeindehirnis sinnvolle vorschläge für die gestaltung der neuen heimatbude ausgearbeitet. da sind einige hundert stunden für draufgegangen, unbezahlt natürlich, um die sache auch für den letzten blindgänger im gemeinderat verständlich zu machen. hat jede menge nerven gekostet. so hobbypolitiker haben nämlich ihre eigenen vorstellungen von kunst. aber im prinzip war die ganze chose so gut wie perfekt."

„und dann?"

„vor knapp sechs wochen trifft dann herold, rein zufällig natürlich, diesen bürgermeisterdarsteller und bietet ihm unverbindlich und kostenlos eine prüfung meiner arbeit an. dass herold nur erschienen ist, um mir die tour zu vermasseln, erwähnt der gangster natürlich mit keiner silbe und reicht stattdessen vier tage später sein gutachten ein.

das glatte todesurteil. schwere künstlerische und handwerkliche mängel, schwache inhalte, total überteuert und so weiter. und 24 stunden später bin ich meinen job los. herold hat darauf natürlich spekuliert und zaubert sofort einen neuen mann plus konzept aus dem hut. alles künstlerisch, handwerklich und wissenschaftlich wertvoller als mein krempel. und diese flachpfeife bekommt dann nach einer lächerlichen halbe stunde beratung tatsächlich den zuschlag. prost."

benjamin büren setzte sein glas an die lippen und erledigte den inhalt mit einem einzigen zug. „clever eingefädelt, was?"

„perfekt", antwortete kieselbach.

„aber dafür ist die kanalratte jetzt tot. künstlerpech." die genugtuung in bürens stimme war nicht zu überhören.

„und warum hat herold ihnen die tour vermasselt?"

„tja, da waren noch ein paar offene rechnungen zwischen uns."

„das heißt, sie hatten schon vorher mit ihm zu tun?"

„leider. dabei fing alles supergut an."

„er hat ihnen die ersten ausstellungen verschafft?"

„gut informiert, herr kommissar", lobte der langhaarige künstler. „ich sehe, sie haben ihre hausaufgaben gemacht."

„kommt selten genug vor", antwortete kieselbach und dachte an dienstschluß und biergarten.

„ich habe bei herold und canisius studiert und herold hat mir kurz vor studienende einen mega-deal vorgeschlagen. ich liefere jede menge brauchbare objekte und er versucht mich nach oben zu beamen. sagenhafte sache, ein loser wie ich, plötzlich mit der aussicht auf den großen durchbruch."

büren lief zum kühlschrank und füllte nach. „nicht doch eins?"

kieselbach schüttelte den kopf.

„ein halbes? merkt doch keiner. oder kontrolliert ihr euch gegenseitig?"

„durchaus möglich."

„bekloppter verein", erklärte der maler, kam zurück und setzte sich wieder. „alles lief rund, anfangs. die bilder verkauften sich quasi von einem tag auf den anderen wie warme semmeln und es ging richtig geld über den tisch, nur bei mir kam nicht viel an."

kieselbach ahnte, was jetzt kam und guckte sich durch das rustikale atelier. das, was er sah, gefiel ihm nicht schlecht. gegenständliches war nicht zu erkennen, aber die farbigkeit der werke und die kompositionen hatte was, auch für laien.

„na ja, und als ich dann nach einem jahr oder so auf eine gehaltserhöhung bestand, war ende im gelände. herold schoss mich ab und holte sich den nächsten hartz IV-painter. ging aber auch nicht lange gut."

„warum nicht?"

„ich denke, weil der feine doktor inzwischen eine fettere geldquelle aufgetan hatte."

„und wie sah die aus?"

„nichts genaues weiß man nicht", orakelte der trinkfeste maler. aber unser braver dozent soll maßgeblich an der beschaffung einiger originale beteiligt gewesen sein, die bei böker & solms dann meistbietend verscherbelt wurden."

„wertvolle sachen?"

der maler nickte. „zum bleistift einen miró aus den dreißiger jahren."

„einen echten miró?" fragte kieselbach.

der künstler kniff die augen zusammen und mustertete den polizisten schräg von der seite, beinahe mißtrauisch.

„sie kennen doch miró, oder?"

„selbstverständlich", antwortete kieselbach. „ich hätte da zum beispiel einen miró-bettbezug, bunte kreise und vierecke, und so weiter. typisch miró."

„bettwäsche? alles klar mann, sie kennen miró." benjamin büren lachte laut auf „bettwäschefritzen und ähnliches gesocks machen heute mit dieser kunst den dicken reibach."

„leute wie doktor herold?"

„exakt. weiß der geier, wie der knabe an das bild gekommen ist. aber echt soll´s auf jeden fall gewesen sein."

„bestanden daran zweifel?"

„heutzutage sollten sie alles anzweifeln, was ihnen angeboten wird", erklärte büren kathegorisch, „egal ob asbach uralt oder brandneu, sonst haben sie ganz schnell ihr geld versenkt."

„wieso?"

„na, total simpel. erstens gibt es fälscher, die sind besser als die leute, die kopiert werden, und zweitens existieren mittlerweile methoden, farben plus untergrund so zu präparieren, dass der krempel einwandfrei als originalmaterial durchgeht. wer heute eine gute fälschung enttarnen will, der benötigt teures gerät und absolute experten, und selbst die greifen noch ins klo, trotz ihrer geräte."

„aber dieser miró war echt?"

„so echt wie echt sein kann", orakelte der maler. „und nach diesem miró tauchten dann noch andere kracher auf, die herold von irgendwo besorgt hatte, zwei vasarelys, ein mondrian und ein kandinsky, wenn ich alles richtig in erinnerung habe."

„woher wissen sie das so genau?"

„einer meiner besten freunde arbeitet bei ´böker & solms´ als restaurator. er hat die schinken gesehen und auch die expertisen gelesen."

„interessant", murmelte kieselbach.

„und mit sicherheit vermögenswirksame leistungen", fügte büren hinzu. „aber stecken sie keinem, woher sie die infos haben, vor allem diesem glattgewichsten solms nicht, sonst ist mein kumpel morgen seinen job los."

„ehrensache", versprach lukas kieselbach erhob sich und blieb stehen. „eine frage noch, vom laien zum fachmann. könnte man solche mirós und kandinskys eigentlich auch fälschen. ich meine so, dass es keiner merkt."

„fälschen kann man alles, dollars, euros, alles nur eine sache der technik."

„und bilder?"

„dafür gibt´s spezialsten", antwortete büren, „und gar nicht weit von hier, die fälschen alles."

„auch auf bestellung?"

„warum nicht? wenn der preis stimmt!"

„und wo findet man diese experten?"

„in großräschen, an irgendeinem dieser neuen teiche. ´seehotel´ oder so ähnlich heißt der schuppen. da gibt´s richtig was auf die augen", erklärte der maler und grinste.

das fälschermuseum

das ´seehotel´ in grossräschen war eine respektable angelegenheit mit einer breiten, schlossähnlichen front auf einer weiten rasenfläche, unweit des neuen wassersportsees, auf dem momentan noch nicht viel wassersport zu entdecken war. ein halbes dutzend sonnenanbeter ließ sich auf der verbrannten, noch baumlosen strandwiese braten und eine mollige bikinschönheit stand bis zu den knöcheln im wasser und testete die temperatur. insgesamt kein schlechter platz für kunst und kultur, tagungen und hochzeiten.

„noch´n see und noch mehr arbeit", murmelte kieselbach, der chef der wasserpolizei, als sie auf das hotel zuliefen. irgendwann würde es in der lausitz zwanzig tagebau-seen geben, die größte künstliche wasserlandschaft europas und einige hundert quadratkilometer mit ausreichend gelegenheit für unfälle, ordnungswidrigkeiten und straftatbestände.

„laß dich auf parkwächter umschulen", antwortete enderlein. „das minimiert die verantwortung."

„klar, und das gehalt", antwortete sein kollege.

zusammen passierten sie die säulen rechts und links des portals, präsentierten an der eindrucksvollen, von großflächigen gemälden eingerahmten rezeption ihre dienstmarken und wurden von einer flotten jungen dame mit weißer, kurzärmliger bluse, krawatte und weste ohne zermoniell und freundlich zur geschäftsführung durchgewinkt. polizei im hotelfoyer, auch in zivil, war nicht unbedingt im sinne des betreibers.

der geschäftsführer, ein schlanker, hochgewachsener anzugträger mit urlaubsbraunem gesicht kam schwungvoll hinter seinem schreibtisch hervor und begrüßte die beamten.

„rommel", sagte er, „und das ist herr ovetchkin, unser fachmann für alles künstlerische." mit einer kurzen handbewegung deutete der hotelmensch auf einen ganz in dunkelgrau gekleideten menschen, der vor dem ausladenden schreibtisch stand. ovetchkin sah genau so aus, wie man sich einen russischen ikonenmaler vorstellte, hager, vollbärtig, mit wirrer, schwarzer künstlermähne und tiefliegenden augen, rasputin junior.

„wenn sie fragen haben, dann schießen sie los, meine herren, wir haben nichts zu verbergen. herr ovetchkin und ich stehen zu ihrer verfügung."

„sehr freundlich", antwortete kieselbach. man nahm platz und der maler begann eine pfeife zu stopfen.

„wir haben momentan ein künstlerisches problem", begann der kommissar, „das wir gerne mit ihrer hilfe klären würden."

„hat dieses problem etwas mit unserem haus zu tun?" erkundigte sich rommel mit leicht spitzem unterton.

„absolut nichts." kieselbach winkte ab. „es geht hier um eine art, sagen wir, fachberatung in sachen malerei."

„verstehe." der geschäftsführer nickte. ovetchkin hatte die arbeit an seiner pfeife beendet und hörte interessiert zu.

„es geht uns um die klärung folgender frage. kann man heute eine fälschung herstellen, das heißt, kann man heute ein bild malen und dann behaupten, diese bild stammt von einem ganz bestimmten künstler aus dem jahre ´x´ oder ´y´?"

„das sind zwei fragen, herr kommissar", antwortete der ovetchkin in einem deutsch mit russischem akzent, „zwei fragen von höchst unterschiedlicher natur."

kieselbach lächelte. der mann hatte ihn auf anhieb verstanden.

„zur ersten frage. kopieren kann man alles, rembrandts ´nachtwache´, da vincis ´mona lisa´, monets ´seerosen´, handwerklich kein problem. bei uns hier im seehotel sind kopien, erstklassige kopien, die geschäftsgrundlage. deswegen kommen kunden aus der ganzen welt zu uns. wir weisen allerdings von anfang an darauf hin, dass es sich bei unseren angeboten um kopien handelt."

„in aller deutlichkeit", fügte der geschäftsführer an. „jeder, der hier kauft, weiß, dass er eine kopie mit nach hause nimmt und kein original."

„sind miró und kandinsky auch in ihrem repertoire?" erkundigte sich kieselbach.

rasputin lächelte. „selbstverständlich. eine quantité négligeable, ein kinderspiel."

„ehrlich?"

„kommen sie mit." der maler stand auf, winkte und marschierte richtung tür. gemeinsam verließen die vier herren das büro, folgten einem schmalen flur nach rechts und stiegen eine treppe hinab in das kellergeschoß. am ende eines endlosen und mit kameras gesicherten ganges blieben sie vor einer massiven, knallroten feuertür stehen.

„unsere schatzkammer", erklärte ovetchkin und schloß umständlich auf. der raum hinter der tür war riesig und klimatisiert. gleichbleibende temparatur und luftfeuchtigkeit. in hohen und breiten, zweistöckigen regalen befanden sich alphabetisch sortiert hunderte von gemälden.

„sie sagen miró? voilà." mit einer eleganten handbewegung deutete der künstler auf eine regalfront vor ihnen, über der ein großes ´m´ schwebte. „bedienen sie sich."

vorsichtig zog der kommissar eine bemalte leinwand aus ihrem schubfach. auf einem weißen hintergrund tummelten sich gut zwei dutzend bunter drei- und vierecke und kreise. dazwischen verliefen gerade und gekrümmte linien in unterscheidlichen farben, längen und breiten. am oberen bildrand erkannte man, mit etwas fanatsie, zwei schwarze bretzeln auf einer kinderwippe. sah zumindest so aus.

„und?" erkundigte sich der maler.

„wie meine bettwäsche", antwortete der kommissar anerkennend, „eindeutig miró. haben sie das gemalt?"

„selbstverständlich." ovetchkin nickte bescheiden. „kandinsky steht ein regal weiter."

enderlein, der sich direkt neben der abteilung befand, griff ins regal und hielt danach einen kandinsky in den händen. blauer untergrund geteilt von geraden, sich rechtwinklig schneidenden, schwarzen linien mit drei gelb, weiß und rot eingefärbten rechtecken. ohne bretzel und wippe.

„rembrandt dürfte schwerer zu kopieren sein, oder?" erkundigte sich der kommissar.

„je mehr einzelheiten, desto komplizierter", antwortete der fälscher. „caneletto, zum beispiel, ist da eine ganz andere dimension."

„caneletto?" wiederholte lukas kieselbach.

„exakt. giovani antonio canal, genannt caneletto, venezinaischer zeichner und vedutenmaler. ein meister des details und der camera obscura. wer caneletto kopieren will, braucht ein elektronenmikroskop, sehr viel zeit und sehr starke nerven."

„dürfte sich dann auch im preis niederschlagen?"

ovetchkin nickte. „und damit sind wir bei ihrer zweiten frage, herr kommissar. das problem bei fälschungen oder kopien ist nicht das handwerkliche können. es gibt rund um den globus einige künstler, die fähig sind, jedes beliebige gemälde, egal aus welcher epoche fast originalgetreu zu kopieren."

„und sie gehören zu diesem kreis?"

„ich denke schon." der maler verbeugte sich leicht. „meine kopien sind erstklassig, aber nicht perfekt."

„und worin besteht der unterschied zwischen ´erstklassig´ und ´perfekt´, wenn ich fragen darf?" erkundigte sich kieselbach.

„zu hundert prozent im material. ich male und zeichne auf hervorragenden modernen untergründen mit den besten momentan verfügbaren farben und konservierungsstoffen. das ist erstklassig. eine perfekte kopie dagegen ist nicht nur stilistisch einwandfrei, sondern auch vom material her. da ist nichts von heute. für eine perfekte kopie benötigt man originale untergründe, leinwand, holz oder papier und originale farben. und die pinsel sollten auch nicht gerade aus dem baumarkt sein."

„und, gibt es diese alten materialien noch?"

„untergründe vielleicht. dazu müsste man vielleicht entsprechend alte, weniger wertvolle werke zerstören, das heißt die farbschichten abtragen, um zum beispiel die leinwand zu bekommen. kein unproblematisches verfahren, denn das ursprüngliche motiv bleibt auf dem untergrund immer erhalten."

„und alte farben?"

„das größte problem", dozierte ovetchkin. „farben, lacke und konservierungsstoffe halten sich unverarbeitet nicht endlos."

„mit anderen worten, perfekte fälschungen alter meister sind heute ausgeschlossen", schlussfolgerte der kommissar.

der künstler schüttelte den kopf. „sie sind schwierig, aber nicht ausgeschlossen. mit moderner physik und chemie kann man uralt-zustände heute täuschend echt simulieren, kein problem, allerdings sind die verfahren aufwendig und teuer."

„gut, aber mit dem entsprechenden labor im hintergrund könnte man theoretisch einen alten schinken reproduzieren?"

„im prinzip ja. aber warum sollte man sich die mühe machen?"

„zum beispiel, um sehr schnell sehr viel geld zu verdienen."

„möglich", antwortete der kunstexperte, „allerdings bei einem exorbitant hohen risiko. werden sie mit einer fälschung erwischt, die sie als original anbieten, dann dürfen sie anschließend für längere zeit gefängniswände bemalen, mit quast und rolle. keine erquicklichen aussichten."

„ich weiß, die frage ist unverschämt, meine herren", erklärte kieselbach mit einem begleitenden lächeln, „aber gibt es hier im haus zufällig ein solches labor?"

der fälscher mit ansagen verzog den mund zu einem schwachen lächeln. „glauben sie, wir säßen noch hier, wenn wir über derartige mittel verfügten?"

„keine ahnung." der kommissar grinste.

„moment, meine herren", mischte sich der geschäftsführer ein, „nur keine voreiligen schlüsse. die polizei kann in unserem haus jederzeit jeden winkel durchsuchen. hier gibt es keine labore. nicht im ansatz. wir fälschen absolut legal."

bürokram

zurück im büro ließ sich kieselbach eine verbindung mit dem verteidigungsministerium in bonn geben und forderte eine dringende personenauskunft zu doktor schreckenberg an. genau so gut hätte er um eine persönliche papstaudienz nachfragen können. im ministerium bestand man auf der unbedingten einhaltung des dienstweges, schriftlich, mit drei durchschlägen und ausführlicher begründung für die anfrage. ansonsten könnte ja jeder kommen, hieß es.

ärgerlich knallte kieselbach den hörer auf die station und verfasste eine detaillierte schriftliche anfrage, die er per e-mail nach bonn jagte. er war gespannt, wie viele lichtjahre die antwort auf sich warten lassen würde.

der computer verkündete ´gesendet´ als sich das diensttelefon meldete.

„doktor metzger am apparat", verkündete eine unangenehme stimme. „wie laufen die unterschungen im fall doktor herold?"

„wir haben unterstützung durch das bundesverteidigungsministerium beantragt", antwortete lukas kieselbach wahrheitsgemäß.

„wie bitte? was hat das bmvg mit der sache zu tun?" kam es ungehalten zurück.

„das wird sich noch zeigen", orakelte der kommissar.

„hoffentlich bald", schnarrte der staatsanwalt. „ich möchte zügige resultate sehen. schließlich war doktor herold nicht irgendeine nullnummer."

„sondern?" erkundigte sich der polizist.

„na, der verehrte doktor war zum beispiel ein gern gesehener gast bei allen künstlerischen festivitäten, ein intelligenter, geistreicher und charmanter gesprächspartner und ein beliebter gastredner bei vernissagen. eine vernissage im städtchen ohne ihn wäre keine vernisage gewesen. der mann war eine kulturelle institution."

„mit anderen worten, die region hat an intellektueller kompetenz verloren."

„sparen sie sich ihren sarkasmus, kieselbach, und liefern sie resultate. dem mann konnten sie nicht das wasser reichen. und killer, die derartig harmlose und friedliebende menschen einfach so aus dem leben räumen, gehören weggesperrt."

„war dieser doktor herold wirklich nur harmlos und friedliebend?" erkundigte sich der kommissar.

„was denn sonst? ein total liebenswerter, total harmloser kunstexperte. kommen sie mir jetzt nicht mit irgendwelchen mafia-theorien oder al-qaida. wenn einer gutartig und redlich war, dann doktor herold."

„sie kannten diesen musterknaben persönlich?"

„das kann man wohl behaupten, von etlichen ausstellungen im ganzen lande. einige haben wir sogar gemeinsam besucht. und die meisten der bilder in meinem haus sind empfehlungen des verstorbenen."

„ein kunstkenner und menschenfreund", antwortete der kommissar.

„genau. und als solchen möchte ich ihn behandelt sehen."

„kein problem."

„na dann an die arbeit." es klickte kurz und die leitung war tot.

kieselbach ging ans fenster und blickte auf den menschenleeren kirchplatz. im schmalen schlagschatten der kirche saßen einige rucksacktouristen in kurzen hosen, hatten die beine von sich gestreckt und tranken wasser aus großen plastikflaschen. dem dicksten in der gruppe kippte sein nachbar gerade einen ordentlichen guss über den verschwitzten kopf. der dicke schüttelte sich und lachte.

ein liebenswerter, harmloser kunstexperte sollte dieser doktor herold gewesen sein, gutartig und redlich, nach aussage der staatsanwaltschaft.

büren und schreckenberg würden diese meinung vermutlich nicht unterschreiben. und warum trat ein derartig liebenswerter, harmloser, gutartiger und redlicher mensch so plötzlich von der bühne ab? für irgendwen musste der gute doktor genau das gegenteil von liebenswert, harmlos, gutartig und redlich gewesen sein. aller wahrscheinlichkeit nach für jemanden, der ihn gut kannte und mit dem er zusammengearbeitet hatte. und da war die auswahl bisher nicht sonderlich groß: büren, schreckenberg und solms. canisius war aus rein physischen gründen aus dem rennen. ein fast-rentner im matchboxformat hatte nicht die körperlichen voraussetzungen eine tat dieser art durchzuführen. und woher kam der ganze schotter wirklich, mit dem herold in der letzten zeit um sich geworfen hatte?

es klopfte und minkner flog durch die offene tür. „was neues chef, im fall herold. kretschmann, unser mopedfritze, steht unten und sagt er hätte da ein motorrad zu viel."

„sein problem", knurrte der kommissar.

„nicht ganz", antwortete der hauptwachtmeister. „die sache ist nämlich so: dieser doktor herold hat bei ihm vor knapp 2 monaten eine fette geländemaschine bestellt, rot und aus japan und mitte letzter woche cash bezahlt. jetzt ist die kiste da, aber der besitzer nicht mehr. wat nu, chef?"

„ein glück, dass die mühle schon bezahlt ist."

„hat kretschmann auch gesagt."

„was sagt das´handbuch für den ratlosen polizisten´ in diesem fall?" fragte kieselbach seinen wachtmeister.

„keine ahnung." minkner zuckte mit den achseln.

„erben ausfinding machen und umgehend informieren. vielleicht ist ein mopedfahrer dabei."

„tolle idee, chef. und wie?"

„wie wär´s mit einem anruf im einwohnermeldeamt, herr kollege?"

„pöh, is ja einfach", maulte minkner. „und die maschine?"

„bleibt original verpackt bei kretschmann, bis die sache geklärt ist. und keine probefahrten! klar?"

„schade", sagte der hauptwachtmeister. „das ding geht ab wie zäpfchen, sagt kretschmann."

„kann ich mir denken. vor allem wenn die richtigen heizer am gaszug kurbeln."

hausbesuch

bräsemann senior wohnte mitten in lehde, an der jabona, ein fließ, das man ohne genaue ortskenntnisse kaum fand. fährmänner mit touristen waren hier in den letzten hundert jahren nicht ein mal gesichtet worden. erstens war der wasserlauf zu schmal und zu gewunden, zweitens gab es hier nicht den postkarten-spreewald. nicht mal im ansatz. entlang der jabona befanden sich keine gepflegten vorzeigehäuschen mit paradegärten wie links und rechts des lehder grabens oder der quodda, hier standen schlichte, bescheidene wohneinheiten auf vernachlässigten, unaufgeräumten wiesenflächen ohne ziergärten, ohne sorgfältig getrimmten rasen und freundlichem blumenschmuck. leergut stapelte sich kistenweise an den schrägen hauswänden hoch, braune, grüne und graue mülltonnen standen verstreut im gelände, bäuerliche gerätschaften und werkzeuge lagen da, wo man sie zuletzt benutzt hatte.

bräsemann stand mit einer schubkarre voller brennholz vor einem wackelschuppen mit geborstenem wellblechdach. im schuppen befand sich bräsemann junior und stapelte ohne begeisterung die scheite übereinander, die sein vater ihm vor die ausgelatschten sicherheitsschuhe gekippte hatte, bis deckenhöhe.

kieselbach lenkte den alten halbkahn, auf dem er als kleiner junge staken gelernt hatte in das schmale gässchen, das zu bräsemanns grundstück gehörte, befestigte die schwere sicherungskette an einer erlenwurzel und betrat festen boden.

„was soll das denn werden? hausdurchsuchung?" knurrte bräsemann senior.

„würd´ sich das lohnen?" fragte lukas kieselbach zurück. er trug turnschuhe, eine uralt-jeans und ein graubraunes t-shirt mit einem kleinen loch unter der schmalen brustttasche.

„kommt drauf an was du suchst", kam es trocken zurück.

„na zum beispiel ´n motor für´n hühnerschreck. papa sagt, du hast noch so´n teil bei dir rumstehen."

„zwee sogar, oder?" fragend blickte der alte seinen sohn an. hier war der postbote deutlich zu spät gekommen. hubert war das genaue abbild seines vaters. breit, leicht untersetzt, hohe stirn, locken, breiter mund und große ohren. der sohn nickte.

„und, laufen die dinger noch?"

„bis vor zwanzig jahren einwandfrei. seitdem stehen die beiden im stall."

„hört sich gut an", antwortete kieselbach. „kann man die prunkstücke mal bewundern?"

„nur mit flüssiger genehmigung", erklärte bräsemann, winkte sohn und kieselbach und stapfte in richtung eines zweiten schuppens, der sich schräg hinter dem wohnhaus befand. auf halbem weg blieb der alte stehen, öffnete die klappe zu einem bretterverschlag hinter der sich ein schmaler kühlschrank befand. drei handgriffe später hatte jeder ein eiskaltes bier in der hand.

„außenkühlschrank", murmelte der altbauer und feuerwehrmann. „damit man nicht für jeden schluck in die stube muss. außerdem sitzt die frau dann nicht an der kasse."

„praktisch", lobte kieselbach.

„sollte ich mir eigentlich patentieren lassen."

mit dem bier in den händen betraten sie den windschiefen schuppen. „irgendwo da drüben müssen die dinger stehen." vage wies bräsemann senior in den hintergrund des raumes, in dem sich der technische ausschuss der letzten fünf jahrzehnte stapelte, waschmaschinentrommel, bügeleisen, bettgestelle, felgen, radios, tiefkühlgarnituren, einschalbretter, trabisitze, et cetera. in der hintersten ecke, wo sonst, befand sich das, was kieselbach suchte, zwei zugestaubte, verrostete, farblose fahrräder mit hilfsmotor. damals, zu täterä-zeiten heiß begehrte fortbewegungsmittel mit einer ganz speziellen motorakkustik, die in jedem hühnerstall für aufregung sorgten. mühsam kramte der kommissar die überreste der maschinen ans tageslicht.

„noch tadellos in schuss", erklärte bräsemann, „müssten nur mal überlackiert werden."

„wahrscheinlich auch noch vollgetankt?" fragte kieselbach.

„würd ich meine hand nicht für ins feuer legen."

„was soll der spaß denn so bringen?"

„keine ahnung." der senior zuckte mit den achseln. „sag du was, hubert, du bist der kaufmann in der familie."

„wat läuft kostet ´n kasten, wat nicht läuft, kommt zurück", erklärte der junior, ohne lange zu überlegen.

„abgemacht." kieselbach nickte. zusammen begannen die drei männer den edelschrott auf kieselbachs kahn zu laden. der alte bräsemann zeigte auf das weniger durchgerostete rad.

„damit bin ich 20 jahre lang ins kraftwerk gefahren. hat mich nie im stich gelassen. fand immer den weg nach hause, auch nach 10 stunden ´holzoper´ oder ´haschenz´, kein problem."

„da soll mächtig die post abgegangen sein, damals."

„mehr als die polizei erlaubt. und freitags war hauptkampftag, lohntütenball für alle aus´m kraftwerk. gab auch schon mal was auf die backe. nach der wende war dann schicht, im kraftwerk und in der holzoper."

„dafür kamen dann die blühenden landschaften."

„genau, und lauter nette leute."

„so typen wie herold?"

„herold? ach so, der. stimmt, der gehört mit in den sack."

„mal getroffen?"

„klar, voll mit dem kahn", knurrte bräsemann senior giftig. „erinnere mich bloß nicht an die blöde nummer."

„ne, ich meine zu lebzeiten." der kommissar hob beschwichtigend die hände.

„das auch", erklärte der alte. „war bei den krämers eingeladen, zur goldenen hochzeit. kam mit einem fetten ölschinken an und war sofort der große held. herr doktor hier, herr doktor da."

„und wie war der knabe so?"

„wie soll der knabe gewesen sein?" brummte bräsemann. „überflüssig. weiße fingernägel, lackschuhe und auf dem kopf mehr öl als in jedem vierzylinder. aber den alten krämers hat er schön honig um den bart geschmiert und dann die hütte eingesackt." der feuerwehrmann nahm einen tiefen schluck aus der pulle. „irgendwann kommt hier alles unter den hammer. ein grundstück nach dem anderen."

„wieso, es muss ja keiner verkaufen."

„quatsch", knurrte der alte bauer. „irgendwer braucht immer schotter. alles nur eine frage der zeit. und dann wohnen hier nur noch wessis und bouletten. und wir dürfen die zäune streichen, rasen mähen und hecken schneiden."

„na ja, ganz so schnell kippt der pott nun auch nicht um", gab lukas kieselbach zurück.

„der kippt schneller als du glaubst, junge", knurrte bräsemann. „oder willst du den ´hecht´ übernehmen, wenn deine alten nicht mehr können?"

„die beiden sind noch topfit."

„war forsbeck auch, bis vor zwei wochen, und dann abgang, mitten in der saison. mit knapp fünfzig. und wer macht jetzt den gurkenstand? nicht eine von seinen drei grazien. die jüngste studiert in hamburg, die ältere hat vier kinder und mama hat rheuma und faules fieber. glückwunsch."

„mit anderen worten, wir brauchen dringend neues blut."

„von mir aus", erklärte der alte. „aber nicht so armleuchter wie diesen herold. war kaum drin in der hütte, stand er schon bei lehmann gegenüber auf der matte. die kühe und schweine würden die luft auf seinem schönen grundstück verpesten und der hund würde zu laut bellen und der hahn jeden morgen krähen. das müsste abgestellt werden. dieser herold war total neben der spur, oder, hubert?"

bräsemann junior nickte. „der hat irgendwie den knall nicht gehört. wollte, dass sich die ganze gegend nach ihm richtet. und immer was zu meckern. der rasen war nicht ordentlich gemäht, die dachrinne nicht komplett sauber, der typ war ´ne klagemauer mit doktortitel."

„also kein kuscheltierchen?"

„frag mal lehmann", antwortete der junior, „der hat den knaben kennen gelernt."

„bei gelegenheit", antwortete lukas kieselbach und bestieg seinen kahn. vater und sohn lösten am ufer die kette. „ach so, was macht eigentlich eure big band? da ist doch einiges untergegangen?"

„momentan treten wir als trio auf." der feuerwehrmann grinste. „und kiekebusch spielt ohne zähne. merkt man aber nicht."

kieselbach winkte und legte ab. „und denk dran, bräsemann, sprit gehört in den tank."

„sonst noch was?" erkundigte sich der alte.

„reicht doch wohl für heute, oder?"

„kannste glauben", erklärte der senior und nahm den letzten schluck aus seiner flasche.

lehmann

lehmann stand mit blaumann und kappe mitten im halbdunklen stall und mistete aus. sechs halbwüchsige mastschweine drängten sich aufgeregt in einer abgetrennten box und quiekten und grunzten um die wette. zwischen lehmanns grundstück und dem ehemaligen krämer-haus befand sich nur der lehder graben, vier meter flaches wasser, das gemächlich richtung lübbenau trieb. das quieken war auf der anderen seite der schmalen lehder hauptstraße mit sicherheit nicht zu überhören.

„was treibt dich denn in diese niederungen, lukas?" überrascht blickte der bauer auf den unverhofften besuch. „das letzte mal warst du vor 20 jahren hier. hast mit deinem vater ´ne halbe sau abgeholt. der schnaps dazu war wohl weniger gut."

„ich war drei tage lang totkrank", antwortete der angesprochene. „hab das zeug nie wieder angefasst."

„sei froh. hat schon einigen das genick gebrochen."

„außerdem, betrunkene polizisten, - du kennst das gerede."

„leute reden immer, auch wenn es nichts zu reden gibt." lehmann fasste mit seiner forke eine ladung mist, warf sie durch eine schmale luke nach draußen und wandte sich dann wieder an den sohn seines skatbruders. „also, was verschafft mir die ehre?"

„dein nachbar macht ärger."

„jetzt nicht mehr", antwortete der bauer ohne eine miene zu verziehen, „die zeiten sind vorbei. gott sei dank."

„aber ärger hat er gemacht, oder?"

lehmann nickte. „nicht zu knapp. ich hab wochenlang kein auge zugemacht. der kerl wollte hier alles auf den kopf stellen. jeden tag neue beschwerden und neuer blödsinn und dann drei schreiben vom rechtsanwalt innerhalb der vorletzten woche."

„weswegen?"

„wegen nix, junge, wegen absolut nix. zuerst gingen ihm der hahn und der hund auf die nerven. keine geräusche vor sieben uhr morgens, keine zwischen eins und drei und keine nach zehn. dann wäre laut gesetz morgen-, mittags- und abendruhe einzuhalten. kein problem, hab ich ihm gesagt, er müsste den tieren nur die uhr beibringen."

„super." kieselbach grinste.

„ach so, und kein treckerlärm an sonn- und feiertagen."

„sehr originell."

„und dann sollte der mist hier weg, runter vom grundstück. ist nicht mehr erlaubt in der nähe von wohnhäusern, nach euronorm. wer mist macht und nicht sofort entsorgt, kann bußgeld einplanen, und das nicht zu knapp. diese politkünstler machen aus einer fuhre schweinemist echten sondermüll. und wir sind kriminelle." lehmann schüttelte den kopf. „mit solchen gesetzen brechen die uns allen hier das genick. interessiert die oben aber nicht die bohne. die schachern lieber um neue posten und erhöhen ihre diäten."

lukas kieselbach nickte. er wusste aus eigener erfahrung, dass die richtlinien aus brüssel etlichen bäuerlichen betrieben in der gegend die stilllegung besorgt hatten. auch sein vater und sein onkel hatten aufgegeben.

„und gegenüber, meine wiese zum wald hin sollte ich gefälligst mähen und kurz halten, damit da drüben kein urwald entsteht, weil dann kommen rehe und wildschweine bis an das schöne grundstück und vielleicht auch mittendrauf und graben den frisch angelegten rasen und die beete um. das stand im letzten schreiben von diesem anwalt." der bauer winkte ab. „hab mir den netten nachbarn drei tage vor seinem abgang mal ordentlich zur die brust genommen, nebenan auf der brücke zum hecht."

„und?"

„keine reaktion. prallte alles ab, wie am gummibaum. mein gerede wäre ihm egal, sollte ich alles meinem frisör erzählen. hier könnte nicht jeder machen was er wollte, für nachbarschaftliches verhalten gäbe es schließlich eindeutige gesetze. und für die einhaltung würden seine anwälte schon sorgen." der alte bauer stocherte ziellos mit seiner forke im warmen schweinemist. „und jetzt sitzt der spinner im himmel auf wolke sieben und macht dem lieben gott das leben zur hölle."

echte kunst

der nächste tag brachte wieder heißes, schwüles und unangenehmes tropenwetter. in den exquisiten räumlichkeiten der käuflichen kunst von böker & solms herrschten allerdings erträgliche temperaturen. drei kunden bewegten sich im schleichgang durch die ausstellung. zwei von ihnen hatten die hände auf ihren rücken verschränkt, der dritte war mit einem hochglanzkatalog ausgerüstet, den er von zeit zu zeit konsultierte.

der mann hinter der ehemaligen schiffsreling war der gleiche wie am vortag. geräuschlos verschwand er im bürotrakt. kaum eine minute später befand sich kieselbach wieder im arbeitszimmer des firmeninhabers.

viktor solms unternahm keinen versuch freundlich zu sein. „die aufstellungen im bezug auf die einkünfte von doktor herold dürften erst heute nachmittag fertig sein", erklärte er ohne begrüßung.

„nur nichts überstürzen", entgegnete kieselbach und winkte ab. „mich interessiert momentan eine ganz andere sache. stimmt es, dass sie und doktor herold zusammen nicht nur junge künster gefördert haben?"

„was denn sonst noch?" kam es leicht gereizt zurück.

„das wüßte ich gerne von ihnen", antwortete kieselbach. „wenn ich recht informiert bin, dann hat der verstorbene sie einigermaßen regelmäßig mit wertvollen gemälden versorgt."

„von regelmäßig kann da keine rede sein", schränkte solms ein.

„dann eben unregelmäßig", antwortete der kommissar, „aber mehrfach, oder liege ich damit auch verkehrt?"

„das sind betriebsinterna."

„der staatsanwalt wird sich freuen, das zu hören." kieselbach lächelte. „in aller regel wird die betroffene firma nach einer derartigen mitteilung akkurat durchleuchtet, vom dachboden bis zum fahrradkeller."

„polizeiliche untersuchungen können sich in unserem metier sehr stark geschäftsschädigend auswirken", gab solms zurück.

„polizeiliche untersuchungen sind kein wunschkonzert, vor allem nicht bei mord."

es entstand eine kurze, peinliche pause. der kommissar unternahm keinen versuch das gespräch wieder aufleben zu lassen.

„na schön", murmelte viktor solms nach einer halben ewigkeit, „was wollen sie wissen?"

kieselbach setzte sich ungebeten auf einen der unbequemen empirestühle und zückte seinen notizblock. sein gegenüber sollte wissen, dass alles was er jetzt von sich gab, gewicht hatte und dokumentiert wurde.

„wie viele wertvolle gemälde hat ihnen doktor herold verschafft, und in welchem zeitraum?"

„genau fünf werke innerhalb von ungefähr zwei jahren."

„und was waren das für gemälde?"

„werke von miró, kandinsky, vasarely und mondrian."

„woher hatte doktor herold diese bilder?"

„das blieb in allen fällen sein geheimnis, obwohl ich immer darauf gedrängt habe, alles über geschichte und herkunft der werke zu erfahren." bevor kieselbach nachhaken konnte, hob der händler abwehrend seine gepflegten hände.

„das ist die reine wahrheit, herr kommissar. herold tauchte urplötzlich mit diesen objekten auf, und das war's dann. keine silbe zur herkunft und beschaffung der objekte."

„haben sie nie den verdacht gehabt, dass diese objekte und der weg ihrer beschaffung eventuell nicht ganz astrein waren?"

der kunstunternehmer mit dem glatten scheitel entfernte eine nicht vorhandene fluse von seinem revers. „misstrauen ist bei uns erste geschäftsgrundlage, herr kommissar. jeder der ahnung von der materie hat, wäre mißtrauisch gewesen. niemand zaubert heute einen miró oder einen kandinsky hokus-pokus aus dem ärmel."

„trotzdem haben sie gekauft?"

viktor solms hob noch einmal abwehrend seine hände. „natürlich nicht! zuerst haben wir jedes einzelne objekte auf seine mögliche echtheit hin überprüfen lassen, auf firmenkosten, um betrug, so gut es ging, auszuschließen."

„und alle werke waren echt?"

„so weit es sich mit der heutigen technik feststellen ließ, absolut. bei allen gemälden handelte es sich einwandfrei um originale."

„und nach dieser überprüfung kamen die gemälde in den handel?"

viktor solms schüttelte den kopf. „sie verkaufen echte kunst heute nicht mehr wie automobile oder anzüge."

„aha, - und warum nicht?"

„ganz einfach, weil vieles dann sehr schnell viel zu teuer würde", erklärte der händler, „zum größten teil unbezahlbar. denken sie nur an die auktionen bei sothebys. in minuten können die preise für x-beliebige objekte in astronomische höhen getrieben werden, preise, die dann nur noch von wenigen menschen oder institutionen aufgebracht werden können."

„gut für besitzer und verkäufer", kommentierte kieselbach.

„aber ausgesprochen schlecht für die käufer", erklärte viktor solms mit beinahe sorgenvoller miene, „und das sind die leute von denen der handel lebt. wir können nicht ständig die sahnestücke in lukrativen auktionen an den mann bringen und unsere stammkundschaft mit mittelmäßiger kost abspeisen."

„und was heißt das konkret?"

„das heißt, jedes vernüftige kunsthaus verfügt über vorgemerkte kunden mit ganz besonderen vorlieben. gelangt man nun an ein objekt, das den ein oder anderen vorgemerkten liebhaber interessieren könnte, bringt man kundschaft und objekt zusammen, unspektakulär und ohne große publicity, hinter den kulissen. die meisten besitzer echter kunstwerke haben heutzutage kein interesse mehr daran, dass die öffentlichkeit von ihren schätzen erfährt. der neidfaktor ist zu groß und das sicherheitsrisiko zu hoch. wenn überall breit getreten wird, wo genau sich welche kunstschätze befinden, dann hat man in kürzester zeit ungebetene besucher im haus, die alles abräumen. das müssten sie eigentlich besser wissen als wir."

der kommissar nickte großzügig und ohne hintergrund. kunstdiebstähle waren im spreewald eher die ausnahme. „das bedeutet im klartext, sie haben die fünf werke diskret an vorgemerkte kunden verkauft."

„genau so war es."

„zu guten preisen."

„alle beteiligten waren zufrieden", erklärte der kunsthändler diplomatisch, und man sah ihm an, dass er glaubte, was er sagte. „besonders die kunden. einen vasarely auf einer auktion zu ersteigern, wäre mit sicherheit um einiges kostspieliger geworden."

„das heißt, ihre kunden sind rundherum zufrieden mit ihrem haus, den objekten und den preisen?"

„könnte man so sagen." viktor solms nickte. „wir haben immer noch mehrere dutzend absolut ernstgemeinter vorbestellungen vorliegen, und jeden monat kommen weitere hinzu."

„für ähnliche werke dieser qualität?"

„in der tat."

„was kostet so ein miró?"

„da müssten sie sich an die kunden wenden."

„auch kein problem. setzen sie das kundenverzeichnis mit auf die wunschliste."

der kunsthändler zuckte mit den achseln.

„und jetzt, ohne doktor herold, stehen die chancen schlecht an solche objekte zu gelangen, oder?"

„vermutlich", antwortete viktor solms.

„doktor herold kassierte für die beschaffung dieser werke eine anständige provision?"

der unternehmer nickte.

„dann setzen sie bitte die ausgezahlten beträge ebenfalls mit auf die liste", erklärte der kommissar; „damit alles seine ordnung hat."

„wie sie möchten", antwortete der händler tonlos.

kieselbach stand auf und lächelte. „eine frage noch. wer hat die mirós und vasarelys eigentlich auf ihre echtheit hin untersucht?"

solms blickte den kommissar überrascht an. „na wer schon? professor canisius natürlich. der mann ist ein international anerkannter experte auf diesem gebiet. weltweit gibt es höchstens noch ein oder zwei vergleichbare fachleute."

kieselbach nickt ernst. innerlich war jubel angesagt. der kreis begann sich zu schließen. einer fehlte noch, und die gang war perfekt.

blitzbesuch

ungeduldig suchte kieselbach im internet nach der telefonnummer des landesmuseums in potsdam. das letzte puzzlesteinchen fehlte, aber nicht mehr lange. der kommissar wusste, wonach er zu suchen hatte und er ahnte, was sich um herold herum abgespielt haben musste. ein kleiner stein noch und die beweise würden sich automatisch einstellen.

mitten in die suche hinein klopfte es an der tür und honecker platzte in den raum, dicht gefolgt von minkner.

„hi chef", brüllte der dicke. sein kopf hatte signalfarbe und das schmutziggraue, spacke t-shirt zeigte deutliche schweißränder um die achseln, am halsansatz und um den bauchnabel.

„der ist einfach durchgestartet", entschuldigte sich minkner aus dem hintergrund.

„die presse kann niemand aufhalten", verkündete der katastrophenreporter. „und ich habe die presse quasi erfunden." schnaufend krachte der dicke auf einen der besucherstühle. „gibt´s bei euch was kühles zu trinken? bitter lemon oder ginger ale? ich könnte mich an dem zeug totsaufen."

„wasser", antwortete der dienstellenleiter. „mit gas oder kranenberger?"

„junge, junge, seid ihr arm dran", murmelte der dicke. „bei vattenfall schnipst du mit den fingern und das zeug kommt geflogen."

„dann würde ich nur noch artikel über vattenfall verzapfen."

„zu öde. strom bringt keine schlagzeilen. es sei denn die strommasten schmelzen weg oder irgendwer hängt in der oberleitung." das monster grinste.

während der dicke schwadronierte, hatte kieselbach ein glas und eine wasserflasche organisiert. beides stellte er seinem besucher vor die nase.

„mutter teresa für arme", verkündete honecker, öffnete die flasche, setzte sie an den breiten mund und ließ laufen. nach knapp einem halben liter war schluß.

„so ähnlich saufen kamele", verkündete minkner.

„stimmt, aber die können nicht rülpsen", antwortete der reporter und röhrte zwei mal in unterschiedlicher tonhöhe.

kieselbach schüttelte den kopf. „so viel zum thema ´im intercity durch die kinderstube´. sie haben ab jetzt genau zehn sekunden zeit ihr anliegen vorzutragen, bevor der kollege sie an die luft setzt."

„heute wohl wieder mit herrn knigge gefrühstückt?" knurrte der journalist und nahm halbwegs haltung an. „die sache ist so, - dieser famose doktor herold war ein angesehener wissenschaftler und ein ehrenwerter vertreter der ostdeutschen kunstszene. da wundert man sich schon, wenn so ein typ plötzlich die grätsche macht."

„fein beobachtet", lobte der kommissar. „sonst noch was?"

„klar doch. ich meine, man macht doch nicht einfach aus langeweile den abgang. da muss doch mehr im busch gewesen sein."

„vermutlich."

„na super. geht´s auch etwas genauer?"

„wie genau soll´s denn sein?"

„herrgott", schnaufte der dicke, „was seid ihr sture böcke. ich hab noch ´ne leiche in forst an den hacken, einen hausbrand in peitz mit 3 toten und einen durchgeknallten erlkönig, der kurz hinter vetschau einen polen-fiat mit 250 km/h in die pampa geschossen hat. mein teller ist randvoll, herrschaften, ich kann mich nicht um jede leiche persönlich kümmern. vielleicht drückt die liebe polizei mal einen tipp ab, damit man sich nicht alles aus den fingern saugen muss. ich meine, war dieser musterknabe schwul, oder verschuldet, oder beides? ist der bengel munter durch fremde betten gehüpft oder hat er nacktfotos von seiner nachbarin im internet veröffentlicht? irgendwo muss doch der griff an der tüte sein."

„macht man so was heute, ich meine mit den fotos von der nachbarin?" erkundigte sich minkner.

„in allen variationen und details." das monster grinste. „der ganz große kracher. egal ob nachbarin, ex-freundin oder ex-frau. da beschlägt selbst dem staatsanwalt die brille."

„hauptsache dir nicht", knurrte der kommissar.

„keine panik. ich hab´ schwielen auf der hornhaut." der dicke grinste. „also, irgendwas in dieser richtung?"

„ich war seit wochen nicht mehr im netz", antwortete kieselbach. „wir haben hier auch so unsere probleme. ein vergiftetes pony, zwei gestohlene schafe und ein gesunkenes paddelboot."

„witzbold", murmelte der monsterredakteur. „wie wärs dann mit drogen? kommt immer gut! war der typ süchtig und hat seinen dealer nicht bezahlt? oder hat er selbst den koks verschoben?"

„da würde ich mal in der szene nachfragen", antwortete der dienststellenleiter. „wir kümmern uns mehr um enten und verklemmte schleusen."

„also habt ihr auch noch nix konkretes in den händen!" blaffte der dicke.

„das kann man so auch nicht sagen."

„na, dann her mit den weisheiten."

„über laufenden ermittlungen liegen die panzerplatten des schweigens."

„poesie aus einem beamtenherzen." der reporter mit den beiden fotokameras auf der wampe schüttelte den kopf. „welch ein geschmeidiger beitrag zur gestaltung unserer rätselseite."

„wir helfen, wo wir können."

„auch mit konkreten hinweisen?"

der kommissar schüttelte den kopf.

„na wunderbar", schnaubte der dicke, wuchtete sich vom stuhl und kassierte die wasserflasche ein. „wird als entschädigung für die scheiß nachrichtenlage akzeptiert."

„und mit dem pfand mach dir ein schönes wochenende", knurrte kieselbach.

„das reicht für den jahresurlaub", maulte das walroß, watschelte aus dem büro und schlug die tür hinter sich zu.

„was war das denn?" erkundigte sich minkner und schüttelte den kopf.

„185 kilo ratlosigkeit auf zwei beinen", antwortete sein chef.

„boh, dagegen bin ich der reinste hungerhaken." der hauptwachtmeister grinste und blickte auf sein gepflegtes schnitzelgrab in hüfthöhe.

„übrigens, auf das krämer-haus waren etliche leute scharf, nicht nur bräsemann junior."

„und wer genau?" murmelte der kommissar.

„na, die gesamte ortsmafia war anfangs am start, von a bis z."

„und?" kieselbach tippte auf der webseite des landesmuseums herum, auf der suche nach einer kontaktadresse.

„alle ausgestiegen", erklärte minkner.

„und warum?"

„ganz einfach, weil vom bauamt signalisiert wurde, aus der krämervilla ist nicht viel zu machen, keine kneipe, kein café und kein appartment-haus, nichts in der richtung."

„also, keine gewerbliche nutzung."

„sag ich doch, nur wohnen. und damit war für unsere finanzmafia und andere spekulanten die sache gestorben."

„na bitte", murmelte der kommissar und notierte auf seiner schreibtischunterlage die telefonnummer, die ihm die höllenmaschine anzeigte.

im museum

doktor begemann, der direktor des gerade renovierten landesmuseums in potsdam hörte kieselbach aufmerksam zu, ohne fragen zu stellen. dann schüttelte er den kopf. „tut mir leid, herr kommissar, da kann ich ihnen nicht weiterhelfen. keine ahnung, wer in der lage wäre, große meister in absolut einwandfreier qualität zu kopieren."

„aber solche leute gibt es?" erkundigte sich der polizist.

„keinen blassen schimmer." der museumschef zuckte mit seinen massigen schultern. „wenn sie´s nicht an die große glocke hängen, herr kommissar, ich habe elektrotechnik studiert und sollte eigentlich landrat werden für meinen verein, nach der letzten wahl. aber plötzlich waren die liberalen mit im boot und etliche posten weg, auch der landrat. für mich sprang bei den verhandlungen am ende nur noch ein museumsdirektor heraus." doktor begemann zuckte verlegen mit seinen massigen schultern. „seitdem gibt es zumindest keine probleme mehr mit der klimaanlage."

kieselbach lächelte anstandshalber. „okay, dann eben plan ´b´. wir brauchen nämlich diesen kopisten, und zwar dringend!" in kurzen, klaren zügen entwickelte der kommissar sein zweites anliegen.

„donnerwetter", murmelte der elektroingenieur nach der erklärung. „sie haben vielleicht schräge ideen."

„wir sind auf der suche nach einem mörder", antwortete kieselbach.

„stimmt." schwer atmend begann doktor begemann in seinem nicht sonderlich aufregenden, aber sehr großen büro auf und ab zu laufen. „sie möchten also, dass wir vier originale aus unseren beständen an ihre mitarbeiter aushändigen, damit sie alle möglichen kunsthandlungen abklappern können, um einen potentiellen fälscher ausfindig zu machen?"

„genau so. mit dieser figur wäre unser quartett perfekt."

„verstehe. gut ausgedacht." der massige mann nickte. „aber, haben sie das risiko bedacht, herr kommissar? ein kratzer in so ein bild und wir beide werden gevierteilt." mit beiden händen bearbeitete begemann seinen hinterkopf. „außerdem kann ich mir nicht vorstellen, dass irgendeine versicherung die risiken für diese aktion tragen wird."

„es müssen ja nicht ihre besten stücke sein. 1 b ware dürfte völlig ausreichen. außerdem wird ihren schmuckstücken nichts passieren, herr direktor", erklärte kieselbach. „und wir klären höchstwahrscheinlich einen mordfall auf."

„und ihre mitarbeiter?" erkundigte sich der museumsingenieur. „wissen die, wie man mit solchen werken umgeht?"

„geschultes fachpersonal", erklärte der kommissar, „mit erfahrung aus tausend ermittlungen. die männer wissen haargenau, wie der hase läuft."

„ihr wort in gottes ohr", murmelte der verhinderte landrat ergeben und lukas kieselbach bedankte sich artig.

zwei stunden später erschienen minkner, gebhardt sowie enderlein und lehnigk von der kripo im landesmuseum. alle waren ausgesprochen seriös gekleidet und folgten wortlos den erklärungen und anweisungen, die sie von kieselbach bekamen.

danach verstaute jeder ein nicht sonderlich auffälliges aber dennoch einigermaßen wertvolles, gut verpacktes gemälde in einer gepolsterten laptop-tasche und unterschrieb eine empfangsquittung. die begeisterung des elektroexperten hielt sich trotzdem in grenzen.

„meine herren", erklärte der kommissar abschließend, „jeder von euch trägt einen unersetzlichem kunstschatz mit sich herum, also keine nachlässigkeiten und experimente. den beigefügten expertisen kann man genau entnehmen, worum es sich bei jedem objekt handelt. studiert die angaben sorgfältig, damit ihr einen halbwegs vernünftigen eindruck vor ort hinterlasst. erkundigt euch einfach, ob es irgendwo jemanden gibt, der euer bild originalgetreu kopieren kann, nicht hobbymäßig sondern absolut professionell. danach ist feierabend und die werke kommen auf direktem weg hierhin zurück, klar? alles, worum es geht, sind die namen und adressen einschlägiger spezialisten, verstanden?"

die mannschaft nickte.

„ach so, noch eins. wer den einsatz verseppelt und mit einem beschädigten gemälde hier aufschlägt oder ohne, der kann anschließend die spree mit einem eierbecher begradigen. ist das klar, meine herren?"

„entspann dich, chef", belehrte minkner und grinste. „wer meinen schinken anfassen will, bekommt sofort was auf die griffel."

doktor begemann war alles andere als entspannt und beruhigt. mit einem schneeweißen taschentuch entfernte er etliche schweißperlen, die sich auf seiner hohen stirn gebildet hatten.

die männer erhoben sich von ihren stühlen, nickten und verließen hintereinander das direktorenzimmer.

„ich hätte mich nie auf die sache einlassen dürfen", stöhnte der oberste museumselektriker und versank mürrisch in seinem chefsessel.

„und die nummer mit dem eierbecher ist absolut nicht mein ding."

„kann ich verstehen", murmelte kieselbach. allein zwischen lehde und leipe gab es jede menge satte kurven.

innendienst

vom museum aus fuhr kieselbach ohne umwege zurück nach lübbenau. draußen brütete die sonne, hinter den dicken mauern der wache herrschten auch ohne klimaanlage einigermaßen erträgliche temperaturen.

der kommissar warf einen kurzen blick in die aktenmappe, die doktor herolds gesammelte expertisen enthielt. kopfschüttelnd legte er nach zehn minuten die papiere auf die seite. das, was er gelesen hatte, konnte für fachleute und kunstinteressierte einen gewissen informationswert haben, für normalsterbliche war es eine mischung aus schwülstigem fachchinesisch, pompösen worthülsen und peinlichen lobhudeleien. alles überzogen und aufgeblasen.

kieselbach breitete mehrere unbeschriebene briefbögen auf seinem schreibtisch aus und trug zusammen, welche personen inzwischen in den fall verwickelt waren und auf welche art. wenn es tatsächlich eine zusammenarbeit zwischen dem ermordeten, professor canisius und viktor solms gegeben hatte, dann stellte sich die frage, warum ausgerechnet herold aus dem weg geräumt worden war, der mann, der offensichtlich für den warennachschub gesorgt hatte. ohne ihn war ende im gelände. oder nicht? war herold überflüssig geworden, oder lästig?

mitten in diese überlegungen hinein schrillte das telephon. am anderen ende der leitung war die bundeswehr, ein major, der seinen namen so undeutlich aussprach, dass kieselbach ihn nicht verstand.

„es geht um die auskunft in bezug auf einen doktor schreckenberg, die ihre dienststelle bei uns angefordert hat", begann der berufssoldat gestelzt. „wenn ich richtig informiert bin, ist die sache dringend."

„absolut“, bestätigte kieselbach, „wir ermitteln in einem mordfall.“

„fein“, antwortete der bundeswehrmensch. „in diesem besonderen fall bin ich autorisiert, ihnen vorab und fernmündlich die gewünschten informationen zu geben. ein schriftlicher bescheid wird ihnen selbstverständlich noch umgehend zugehen.“

kieselbach wusste zwar nicht was an dieser sache ´fein´ war, aber wenn es der beschleunigten informationsübermittlung half, durfte die angelegenheit auch ´fein´ sein.

„also“, begann der major, „doktor herbert schreckenberg hat bei uns acht jahre als zeitsoldat gedient, danach absolvierte er drei reservelehrgänge und bekleidet momentan den rang eines oberleutnants der reserve.“

„und in welcher eigenschaft war doktor schreckenberg bei ihnen tätig?“

„eigentlich ist es nicht gestattet derartige auskünfte per telephon weiterzugeben, aber da es sich hier um ein amtshilfeverfahren in einer laufenden ermittlung handelt, ist eine ausnahme möglich“, dozierte der offizier.

„so geheim?“ erkundigte sich der kommissar und hoffte, dass der bundeswehrmann am anderen ende den ironischen unterton überhörte.

„ziemlich“, kam es kurz und knapp zurück. „doktor schreckenberg ist ausgebildeter fallschirmspringer mit mehr als dreihundert sprüngen und er gehörte zu einem spezialkommando, das darauf vorbereitet war, insbesondere abgestürzte jetpiloten, falls nötig, hinter den feindlichen linien zu lokalisieren und anschließend zu evakuieren.“

kieselbach pfiff durch die zähne. „solche kommandos gibt es bei uns?“

„wie in jeder anderen vernünftigen armee auch“, kommentierte der major sachlich.

„das heißt, doktor schreckenberg war oder ist ein ausgesprochener spezialist.“

„genau.“

„eine art ´rambo´?"

„wir würden das nicht so ausdrücken, aber es entspricht ungefähr der sachlage."

„und er war auf grund seiner ausbildung und seiner funktion dazu fähig, während eines einsatzes eventuelle gegner auszuschalten, wenn nötig auch endgültig?"

„exakt", verkündete der offizier nüchtern, aber nicht ohne stolz in seiner stimme.

„mit allen möglichen mitteln?"

„so, wie es die situation erfordert."

„das sind doch informationen", gestand kieselbach.

„es freut mich, wenn wir ihnen weiterhelfen konnten", schnarrte der major.

„ziemlich."

„das bedeutet", erkundigte sich der bundeswehrmann vorsichtig, „doktor schreckenberg befindet sich in ernsthaften schwierigkeiten?"

„wir müssen abwarten, was die ermitttlungen ergeben, herr major." kieselbach bedankte sich und legte auf.

äußerlichkeiten konnten täuschen. dieser gebeugte, lungenkrebs- und raucherbeingefährdete kunstwissenschaftler war mitglied einer spezialeinheit, die wahrscheinlich zum härtesten zählt, was eine armee zu bieten hatte. und menschen zu beseitigen gehörte da anscheinend zum standardprogramm. alle achtung.

die nächste sensation folgte knapp eine viertelstunde später, wieder telefonisch.

„sawitzke, kripo berlin", meldete sich eine forsche stimme. „wir haben da jemanden aufgegriffen, der ziemlich wirres zeug erzählt und behauptet für die wasserschutzpolizei zu arbeiten, als verdeckter ermittler."

„minkner", knurrte kieselbach.

„stimmt!" antwortete berlin. „der knabe ist mit einem halbwegs teuren gemälde in einer galerie am kuhdamm aufgetaucht und wollte das ding kopieren lassen. die sache kam dem händler spanisch vor und er hat den kunden hingehalten. drei minuten später war klar, das gemälde stammt aus den aktuellen beständen des landesmueums. daraufhin hat der gute mann unsere dienststelle informiert und wir haben den kunden hops genommen."

„glückwunsch."

„macht ihr jetzt in kunsthandel?" erkundigte sich sawitzke.

„bedingt und nur vorübergehend", antwortete der kommissar und erklärte die situation.

„heiße kiste", antwortete der mann aus berlin. „könnte mächtig ärger geben, wenn die sache schief geht."

„genau. deswegen wäre es ausgesprochen nett, wenn ihr die aktion auf ganz kleiner flamme kochen könntet."

„wir werden das möglichste tun."

„danke.

„kein thema", antwortete sawitzke. „wir entlassen diesen minkner also wieder auf die wildbahn?"

„wenn ihr nicht zufällig einen besseren job habt. der mann kann alles, malern, lackieren, tapezieren, getriebe wechseln, alles."

„und wieso landete dieses multitalent ausgerechnet bei der polizei?"

„keine ahnung", antwortete kieselbach. „der ist uns irgendwann zugelaufen."

„und ihr konntet nicht ´nein´ sagen."

„genau", gab der kommissar zurück. „gebt dem knaben das bild zurück und ab durch die mitte. und wenn er beim nächsten versuch wieder auffällt, schickt ihn nach hause. hier wartet genug arbeit auf ihn."

„getriebewechsel?"

„nur zur belohnung. vorher noch 20 kilo protokolle in reinschrift abtippen."

„da kommt freude auf."

„wie beim zahnarzt."

um 18 uhr war der einsatz beendet, alle bilder wieder unbeschädigt zurück in potsdam und begemann glücklich. ´noch mal werde ich mich nicht auf so einen wahnsinn einlassen´, hatte er am telefon gestöhnt, als der kommissar sich pflichtschuldig für die unbürokratische mitarbeit bedankte. zwei stunden später hockte die mannschaft in kieselbachs büro.

gebhardt hatte nichts erreicht und minkner präsentierte stolz eine adresse aus der nähe von rotterdam. enderlein und lehnigk dagegen hatten voll in die glückstrommel gepackt. beide waren mit dem gleichen namen zurückgekehrt: hans-hubert wolski. er sollte der richtige mann für einen perfekten kopierauftrag sein. und der einzige hans-hubert wolski der bundesrepublik lebte, laut elektronischer telefondatei, in burg kauper. passte wie faust auf auge. der kommissar griff zum telefon und sagte sich kurz und entschlossen bei den alten krämers an.

die alten leutchen wohnten schräg hinter der touristeninfo in lübbenau, in einem kleinen neubaukomplex mit übersichtlichen eigentumswohnungen. moderne archtiektur im ´ritter-sport-format´, quadratisch, praktisch, gut, aber kein vergleich mit lehde. dafür lagen alle zimmer ebenerdig, der marktplatz war fünfzig schritte entfernt, brücken- und kreuzugsfrei.

die beiden alten saßen auf ihrer winzigen terrasse, unter einer schattenspendenden markise. er studierte ein anglermagazin, sie häkelte an der umrandung einer kleinen tischdecke. jetzt, in den abendstunden konnte man sich nach draußen wagen, ohne einen hitzschlag zu riskieren.

„hallo lukas." die alte dame strahlte als der kommissar um die hausecke bog. „ich hab extra potsdamer geholt, zur feier des tages. war doch immer dein lieblingsgetränk."

lukas kieselbach strahlte zurück, auch wenn es mehr als zwei jahrzehnte her war, dass er sein letztes potsdamer getrunken hatte. damals, mit knapp fünfzehn oder so, war süß und klebrig noch akzeptabel.

der alte klappte seine anglerpostille zusammen und blickte den polizisten von oben bis unten an. „ganz schön groß geworden, junge, aber kein wunder bei den eltern. setz dich."

der kommissar setzte sich auf den einzigen freien stuhl, bekam sein potsdamer und hörte sich eine halbe stunde geschichten aus alten zeiten an. onkel und tanten tauchten aus der vergessenheit auf, unfälle, beerdigungen, hochzeiten und andere katastrophen.

„und wie gefällt´s euch hier?" irgendwie musste kieselbach die kurve zum thema kriegen. der fall herold würde sich nicht durch alte kamellen lösen lassen.

„gut", sagte der alte. „anders als zu hause, aber wir kommen hin. im moment fühle ich mich noch wie auf urlaub."

„der umzug ging ja dann ziemlich schnell."

„genau, schneller als gedacht. dieser doktor herold hat uns alle arbeit abgenommen und alles erledigt. tiptop."

„ein wirklich netter mensch", sagte sie, „und jetzt ist er tot. wer bringt so liebe menschen um, lukas?"

„wir suchen mit allen mitteln."

„das will ich hoffen", brummelte der alte. „man kann hier doch nicht einfach leute umbringen, oder?"

der kommissar schüttelte den kopf. „war dieser doktor herold wirklich so nett?"

„fürchterlich nett und freundlich, lukas", erklärte die hausherrin, „ein höflicher junger mann mit guten manieren, fast ein echter professor, höflich und bescheiden und gebildet. wir sollten froh sein, wenn solche leute hierher kommen."

„waren die verhandlungen mit ihm schwierig?"

„überhaupt nicht", erklärte der alte fischer. „der junge mann hat sein angebot gemacht und wir haben zugestimmt. das war´s. hat keine zehn minuten gedauert."

„und doktor herold hat sich an alle abmachungen gehalten?"

„auf heller und pfennig. und pünktlich zu jeder verabredung. und gefahren hat er uns auch noch. und nach dem notartermin sind wir zusammen groß essen gewesen, auf seine kosten. besser geht´s nicht."

„und bräsemann junior?"

„hubert? tut mir leid für den jungen", antwortete der alte krämer und blickte auf sein anglermagazin. „aber ich glaube, er hat´s verstanden. mama und ich bekommen keine große rente und da zählt jeder euro. haus und grundstück waren quasi unsere altersversicherung. und dieser doktor herold hat hubert ja quasi übernommen. da ging dem jungen nichts ab, denk ich. der doktor hat bestimmt besser bezahlt als wir."

der fälscher

lukas kieselbach parkte die dunkle limousine der oberklasse, die enderlein über auto-bär in klein-beuchow besorgt hatte, direkt vor dem leicht windschiefen eingang eines rostrot gestrichenen einfamilienhauses. der träge dahinfließende südumfluter samt brücke war nur einen steinwurf entfernt. bis dorthin erstreckte sich das anwesen, doch die hälfte davon war mit büschen und sträuchern wild zugewuchert. auf der anderen hälfte befanden sich einige nicht sonderlich gepflegte obstbäume, ein verrotteter sandkasten und eine rostige schaukel. es war offensichtlich, dass sich die hausbewohner nicht über äußerlichkeiten definierten.

kieselbach fühlte sich nicht sonderlich wohl in seiner haut als er die schrille türglocke betätigte, aber der gang war notwendig. sein outfit stammte von enderlein, zweireiher mit weste, shark-collar hemd, krawatte, schwarze lackschuhe, siegelring. er sah aus wie jemand der geld hatte, sehr viel geld.

eine frau um die vierzig, mit hellblonden, ungepflegten sauerkrauthaaren öffnete die an mehreren stellen gerissene holztür des wohnhauses und blickte den ankömmling argwöhnisch an.

„wir kaufen nichts", verkündete sie unfreundlich und kathegorisch.

kieselbach grinste. „sehe ich so aus, als ob ich etwas zu verkaufen hätte?" fragte er, und fügte dann großspurig hinzu: „ich bin der geldbriefträger."

hinter der wenig ansehnlichen dame tauchte ein hagerer, fast kahlköpfiger mann mit einem grauen drei-tage-bart auf.

„was gibt´s?" brummte er mit einer satten baßstimme.

„er behauptet, er wäre der geldbriefträger", erläuterte die dame mit den sauerkrauthaaren ohne eine miene zu verziehen.

„haben sie sich da nicht in der hausnummer geirrt?" fragte der drei-tage-bart.

„nicht, wenn sie hans-hubert wolski sind."

der mann nickte wortlos.

„dann habe ich gute nachrichten für sie."

„den spruch haben alle drauf", knurrte der künstler, „den können sie sich in die haare schmieren."

„ich bin nicht ´alle´", erklärte kieselbach. „darf ich reinkommen?"

„laß den mann rein", ordnete der maler an. wortlos räumte die schlampige dame den eingang. kieselbach trat in das halbdunkel des baufälligen hauses. es roch nach moder, schimmel und terpentin.

wolski stieg eine knarrende, steile treppe hinauf und öffnete eine knarrende tür. dahinter lag ein niedriger, in milchiges licht getauchter raum, der sich über die gesamte grundfläche des hauses erstreckte. die westliche giebelfront war komplett verglast, aber die scheiben waren blind und fleckig. dutzende von unvollendeten gemälden stapelten sich an den schrägen wänden oder lagen einfach auf dem boden. es war heiß und stickig im atelier. hier arbeiten zu müssen konnte keinen spaß machen, weder im sommer noch im winter.

der maler zog zwei hocker aus einer ecke hervor und stellte sie in einigem abstand vor die einzige staffelei im raum, auf der sich ein unvollendetes, relativ kleines gemälde befand, ein mit kohlestift fein und sorgfältig gezeichneter frauenkopf.

„was kann ich für sie tun?" abschätzend musterte der künstler seinen merkwürdigen besucher.

„wir brauchen einen neuen vasarely oder einen miró, irgendwas in dieser richtung." kieselbach hatte sich für die direkte methode entschieden.

„wie meinen?" fragte wolski und sein blick verfinsterte sich. „wer sind sie überhaupt, sie flachpfeife?" fragte er grob.

„namen spielen keine rolle", erklärte kieselbach, ohne auf die provokation einzugehen. „nennen sie mich schulz. ich übernehme ab sofort den part von doktor herold."

„kein interesse." der maler winkte ab.

kieselbach schüttelte den kopf. „das geschäft läuft weiter, allerdings wesentlich besser bezahlt."

„welches geschäft?"

„das alte", erwiderte kieselbach gelangweilt, „sie malen und wir verkaufen."

„und sie glauben, dass hier ist die richtige adresse?"

„absolut." kieselbach, alias schulz, lächelte zuversichtlich. „sie malen, wir bezahlen. aber ab sofort wesentlich üppiger als früher."

der pfeil saß, wolski musterte den besuch eine spur interessierter. wenn kieselbach den zustand der immobilie richtig bewertet hatte, dann stand dem maler das wasser wahrscheinlich bis zum hals.

„also nicht mehr nur peanuts?" erkundigte sich der künstler.

„kokosnüsse statt peanuts", erklärte kieselbach großzügig.

„und auch im voraus?"

„fünfzig prozent bei arbeitsbeginn, fünfzig prozent bei lieferung", erklärte der kommissar. zu viel entgegenkommen würde wahrscheinlich unprofessionell wirken.

„und keine faulen tricks?"

der kommissar schüttelte den kopf. „alles in cash und in jeder währung, die sie wünschen, ohne tricks und doppelten boden." insgesamt lief die sache flüssiger ab als erwartet. stundenlange verhöre hätten wahrscheinlich zu keinem besseren ergebnis geführt, wenn überhaupt.

„ihr wort in gottes ohr", schnaufte hubert wolski. „und ich sage ihnen, wenn die übung dieses mal nicht einwandfrei läuft und am ende wieder gekürzt wird, dann habt ihr euer letztes bild von mir bekommen."

„hier wird nichts gekürzt", entgegnete kieselbach. der mann vor ihm war nicht unsympathisch und wahrscheinlich ein ausnahmekönner. kieselbach überlegte für einen kurzen augenblick, wie viel ihm das gericht für seine fälschungen aufbrummen würde. mit einem guten anwalt und einem vernünftigen richter könnte wolski eventuell bald wieder auf freiem fuß sein. und die publicity, die ihm dieser fall bescheren würde, konnte vielleicht als starthilfe für eine zweite karriere dienen. berühmt durch verhandlung und knast, die moderne medienlandschaft konnte solche wege ebnen.

„und wer hat herold umgelegt?" fragte der maler urplötzlich.

kieselbach zuckte vielsagend mit den schultern. „wir nicht. aber irgendwer wird ´ne offene rechnung mit dem guten doktor gehabt haben, oder?"

hubert wolski nickt dumpf. „war ´ne echte kanalratte, der typ. aalglatt und geldgierig."

„stimmt." der nadelstreifen-kieselbach nickte. „deswegen wird ab sofort die strategie geändert. einseitige geschäfte machen sich auf dauer nicht bezahlt."

„hat aber ganz schön lange gedauert bis zu dieser erkenntnis."

„besser spät als nie", antwortete ´schulz´.

„und noch was", brummelte der maler. „wird uns die bullerei nicht über kurz oder lang auf die schliche kommen?"

kieselbach schüttelte den kopf. „unmöglich, wenn wir alle dichthalten."

der maler schien einen moment lang nachzudenken, dann glättete sich sein besorgtes gesicht.

„ich brauche material, leinwand, farbe, pinsel, alles in original qualität, wie gehabt. sonst nützt das beste handwerk nichts."

„kommt innerhalb der nächsten drei tage mit der ersten anzahlung."

„wie viel?"

„was schwebt ihnen da so vor?"

„mir?" fragte der künstler erstaunt.

„genau. wem sonst?"

„insgesamt?"

„insgesamt!"

„na gut, sagen wir 20.000", murmelte der künstler verlegen und zeigte auf das verwahrloste grundstück. „gucken sie sich den laden an. hier muß dringend was passieren, sonst fällt uns noch das dach auf die köpfe."

kieselbach nickte ernst. „okay, 10.000 in drei tagen, der rest am ende."

„die zweite rate kommt genau einen tag vor auftragsende, sonst wird die sache nicht fertig."

„kein problem."

„na wunderbar", schnaufte der fälscher. „und wann soll die sache starten?"

„so schnell wie möglich", antwortete kieselbach und erhob sich. die sache war geklärt.

„einverstanden", murmelte der künstler. „ein portrait ist noch in der mache. übermorgen geht´s an die arbeit."

„und wir sehen uns in drei tagen."

„vergessen sie die erste rate nicht", knurrte der fälscher, „sonst läuft nichts, herr schulz."

„kein problem", antwortete kieselbach. er verließ das verwahrloste grundstück und bestieg die schwere oberklassenlimousine. die zusammenhänge waren klar und bewiesen. was fehlte war der knipser.

die zweite vorlesung

„das biedermeier war trotz der abwendung seiner bürger von politischen dingen und einer fast völligen hinwendung zum privaten und idyllischen ein hochpolitisches zeitalter. und die damalige politik bestimmte vielleicht mehr noch als in den epochen zuvor motive, ausdruck und formen der kunst, auch der malerei. dies mag im ersten moment wie ein widerspruch klingen, doch betrachtet man die realpolitischen hintergründe des biedermeiers, dann werden sehr schnell die zusammenhänge zwischen politik und kultur offenbar."

professor canisius stand wieder vorne an seinem rednerpult und dozierte für einen überfüllten hörsaal.

„das 19. jahrhundert hatte in europa recht heftig begonnen. napoleon war auf der bildfläche erschienen und hatte unter den herrschenden dynastien gleich zweifach furcht und schrecken verbreitet. zum einen mit seiner 'grand armee', die den söldnerheeren der übrigen potentaten haushoch überlegen war, weil sie in ihrem kern aus nationalbewußten landeskindern bestand, zum anderen mit liberalem gedankengut, das von frankreich aus allmählich in die umliegenden staaten einsickerte. das frankreich napoleons verfügte über eine geschriebene verfassung, einen fortschrittlichen, allgemeinverbindlichen rechtskodex, ein gewähltes parlament und eine fast schon funktionierende gewaltenteilung. damit war das frankreich der damaligen zeit ein leuchtendes vorbild für die nach mehr bürgerlicher freiheit hungernde bevölkerung des restlichen europas, aber zugleich auch ein dorn im auge aller anderen fürsten, die natürlich nicht im entferntesten daran dachten, auch nur geringste teile ihrer 'gottgegebenen' macht an parlamente und aufmüpfige untertanen abzugeben."

kieselbach stand mit dem rücken an die wand des hörsaales gelehnt und versuchte sich an seinen geschichtsunterricht zu erinnern, insbesondere an das, was er dabei über napoleon & co gelernt hatte. nichts, lautete das eindeutige ergebnis. dabei konnte man das, was der alte mann hier und heute abspulte ohne probleme verstehen und behalten. lehrer und lehrer waren anscheinend doch zwei dinge.

„nachdem napoleon 1815 dann sein endgültiges waterloo erlebt hatte, machten sich die vier siegermächte, österreich, england, rußland und preußen daran, die europäischen grenzen neu zu ordnen und vor allem die hoffnungen ihrer bürger auf liberale reformen und mehr freiheit gründlich zu frustrieren. preußen, unser glorreiches, militaristisches preußen wurde ein noch perfekterer spitzelstaat als ohnehin schon, der, was die überwachung seiner bürger anbelangte, durchaus als vorläufer des nazi-regimes oder des sed-staates gelten darf. - und wer nicht in die mühlen der preußischen justiz geraten und anschließend in einem muffigen kerker vermodern wollte, der arrangierte sich mit dem system und wurde zum ´spießer´ - das hieß, man flüchtete sich in die unpolitische geborgenheit seiner vier wände und widmete sich der hausmusik, seinen rosen und seiner familie."

kieselbach registrierte, dass die art und weise wie canisius seinen vortrag gestaltete deutliche wirkung hinterließ. ungestresst und locker trugen seine studenten jede menge wissen mit nach hause.

„einer, der diesen zustand des spießbürgertums in seinen bildern mit unendlich viel einfühlungsvermögen festgehalten hat, ist unser allseits bekannter carl spitzweg. leider werden seine einmaligen bilder von den heutigen betrachtern in der regel völlig falsch verstanden."

jetzt begann eine mit fachbegriffen gespickte analyse der biedermeier-malerei am beispiel spitzwegs. kieselbach blickte entspannt durch die proppevollen bankreihen und erinnerte sich an seinen unterricht. platz hatten sie genug gehabt in den klassenräumen, aber keine pauker, die so fesseln konnten, wie dieser alte herr vorne an seinem pult. konnte aber auch sein, dass er und seine klassenkameraden einfach noch zu jung gewesen waren, um die kreidezeit zu verstehen und bildung als angebot und chance zu begreifen. mancher pauker hätte vielleicht mehr gebracht mit besseren schülern.

zwanzig minuten später endete die vorlesung mit donnerndem bänkeklopfen und der hörsaal leerte sich. im lockeren gespräch mit den üblichen übereifrigen strebte professor canisius dem ausgang zu, wo kieselbach auf ihn wartete.

„ich nehme an, sie wollen wieder zu mir?" fragte der wissenschaftler. der kommissar nickte und folgte canisius.

„wie kann ich ihnen weiterhelfen?" erkundigte sich der kunstexperte mit weit weniger autorität und elan in seiner stimme, nachdem er sich hinter seinem überladenen schreibtisch verschanzt hatte.

„ich habe vor knapp zwei stunden mit den herren miró, kandinsky und vasarely gesprochen", begann der kommissar.

„wie bitte?" fragte der professor verdutzt.

„natürlich nur mit ihrem imitator," ergänzte kieselbach. „der mann, der für doktor herold die mirós, kandinskys und so weiter gemalt hat, und die sie mit ihren gutachten für echt erklärt haben."

„so, so", murmelte der professor. „da haben sie den roten faden also gefunden. sehr tüchtig, junger mann." der gelehrte deutete eine kleine verbeugung an. „dann sind ihnen ja jetzt alle zusammenhänge bekannt."

„ihre version würde mich trotzdem interessieren", antwortete kieselbach leicht verwundert. dass der alte mann so leicht aufgab, überraschte ihn.

canisius verschwand für einen augenblick vollständig hinter seinem erdrückenden schreibtisch, ein schubfach öffnete sich hörbar und kieselbachs hand ging blitzschnell zu seiner dienstwaffe.

„sie mögen sherry?" der kunstexperte tauchte mit einer halbvollen flasche und zwei kleinen, dünnwandigen gläsern in seinen händen wieder auf und blickte in kieselbachs dienstwaffe.

„nicht nötig", erklärte der wissenschaftler und schüttelte den kopf. „das spiel ist vorbei, und eine leiche ist mehr als genug."

kieselbachs anspannung löste sich und er lehnte mit hinweis auf seine dienstvorschriften dankend ab. hochprozentige spirituosen aller arten waren nicht sein ding, sie schmeckten ihm nicht und vernebelten zu schnell den verstand.

„herold erschien eines tages bei mir zu hause mit einem miró und bat mich festzustellen, ob es sich dabei um ein original oder eine fälschung handelte", begann der professor.

„und?"

„ich habe mir nichts böses dabei gedacht, schließlich habe ich hunderte solcher expertisen erstellt, für kunden in aller welt. unser planet ist überschwemmt mit kunst, echter und gefälschter, gerade in der malerei. es gab immer wieder leute, die konnten rembrandt besser malen als rembrandt selbst."

„und diese experten gibt es auch noch heute?"

„warum nicht? jede generation produziert ihre eigenen genies, auf allen gebieten, auch in der kunst."

„und sie können eindeutig feststellen, ob kunstwerke echt sind oder nicht?"

„was die malerei anbelangt, ja. dieses institut verfügt über ausreichend technik, um derartige unterschungen durchzuführen."

„und der miró war echt?"

„so echt wie ein gemälde eben sein kann. eine hundertprozentige sicherheit gibt es nie, es sei denn sie haben dem maler bei seiner arbeit über die schulter geschaut. selbst echte rembrandts wurden mehr als dreihundert jahre später zu werken seiner schüler erklärt. und picassokopien und fälschungen gibt es inzwischen wie sand am meer."

„und ihnen kam nie der verdacht, dass es sich bei den werken, die doktor herold anbrachte, ebenfalls um fälschungen handeln konnte?"

„bei den ersten beiden werken, ehrlich gesagt, nein. alles war perfekt, material, stil und ausführung. dann, bei bild nummer drei, einem kandinsky, kamen mir zweifel, sehr starke zweifel. die arbeit war gut, das motiv akzeptabel, aber die leinwand zu jung. das ganze war nichts weiter als eine ganz ordentliche fälschung, aber auf keinen fall ein original."

„und das haben sie doktor herold dann mitgeteilt?"

„selbstverständlich. aber herold sagte mir danach auf den kopf zu, ich solle eine positive expertise schreiben, ansonsten würde er mich hochgehen lassen, da auch die ersten beiden bilder fälschungen waren. prost." der professor hob das kleine sherryglas und kippte den inhalt mit einem schluck weg. „der mann hatte mich in eine perfide falle manövriert, genau dahin, wo er mich haben wollte. mein ruf als kunstexperte national und international wäre mit einem schlag ruiniert gewesen. sauber eingefädelt." canisius griff zur sherryflasche und goß nach.

„sie sehen, ich hatte die große auswahl zwischen hängen und erschießen. glauben sie mir, keine angenehme situation. und herold hatte die ganze angelegenheit von anfang an minutiös durchdacht. und er hätte mich hochgehen lassen, ohne mit der wimper zu zucken. der mann kannte keine skrupel."

„aber in dem moment, wo er sie hätte hochgehen lassen, wäre er auch selbst mit aufgeflogen", wandte kieselbach ein.

„wieso?" der professor schüttelte den kopf. „er hatte doch nur die bilder angebracht, die expertisen stammten von mir. herold war außen vor. – im gegenteil, er wäre als einziger profiteur aus der sache hervorgegangen. mit der ihm eigenen dreistigkeit hätte er sich der fachwelt als der große aufklärer präsentiert und mich anschließend beerbt. der mann hatte alle trümpfe in der hand. und ich saß in der zwickmühle."

„sie hätten die ersten beiden expertisen widerrufen können."

„theoretisch ja." der wissenschaftler nickte. „aber diese beichte hätte augenblicklich meinen kopf gekostet. die lieben fachkollegen hätten mich mich in der luft zerissen und als leiter eines wissenschaftlichen institutes wäre ich unhaltbar gewesen. und ein derartig peinlicher abgang, so kurz vor dem ruhestand, war einfach unvorstellbar."

lukas kieselbach nickte. „also haben sie geschrieben, was herold wollte."

der alte mann nickte kraftlos und müde. „weil ich dachte, danach wäre ruhe. war allerdings der nächste fehler. wie gesagt, herold kannte keine skrupel."

„und viktor solms hat die fälschungen dann an den mann gebracht?"

„herold hat solms genau so hintergangen wie mich, war ja auch kein problem mit meinen expertisen. und wenn die sache mit den gefälschten bildern aufgeflogen wäre, dann hätte es auch solms erwischt. einhundertzwanzig jahre familientradition einfach so im eimer." canisius nippte an seinem zweiten glas sherry. „sie wollen wirklich nicht?"

kieselbach schüttelte den kopf.

„mit anderen worten, es gab für sie und solms gute gründe herold aus dem weg zu räumen, je schneller desto besser."

„so ungefähr war die situation", gestand der wissenschaftler ohne zögern ein.

„und wer von ihnen hat diesen part übernommen, herold aus dem weg zu schaffen?"

„diese frage, verehrter kommissar, kann ich ihnen leider nicht beantworten", entgegnete der alte mann höflich, „nicht weil ich ihre arbeit behindern möchte, sondern weil ich den täter nicht kenne. oder glauben sie, ich hätte herold beseitigt? der mann war fast zwei köpfe größer als ich und zwanzig jahre jünger."

„man kann derartige dinge auch in auftrag geben", erklärte kieselbach.

„in der tat." canisius nickte nachdenklich und ergeben. „bin ich jetzt verhaftet?"

„wenn sie mir versprechen, sich nicht ins ausland abzusetzen oder anderweitig dummheiten zu machen, lasse ich sie vorläufig auf freiem fuß", erklärte kieselbach nach kurzer überlegung. „außerdem würde ich mich an ihrer stelle noch heute um einen guten anwalt kümmern."

„ein unerfreulicher, aber nicht von der hand zu weisender gedanke, herr kommissar." der alte mann lächelte abgespannt und trank seinen sherry.

fahndung

telephonisch hatte kieselbach augenblicklich eine streife zu böker & solms beordert mit der anweisung viktor solms unverzüglich auf die wache zu schaffen. fehlanzeige. solms hatte sein geschäft zur mittagszeit verlassen und war seitdem nicht wieder aufgetaucht.

privat residierte solms in lübben, friedensstraße, unmittelbar am stadtpark, in einer üppigen gründerzeitvilla. zwar öffnete sich die tür, aber die resolute haushälterin konnte oder wollte der streife nicht mitteilen, wo sich herr solms zurzeit befand. minuten später verließ eine europaweite fahndung nach dem inhaber des kunsthauses ´böker & solms´ die wasserschutzpolizei. zusätzlich postierten sich zwei kollegen aus lübben in sichtweite der villa und warteten.

es war exakt fünfundvierzig minuten nach mitternacht als das telephon kieselbach aus dem tiefschlaf holte.

„sie sind gerade ins haus gegangen", meldete eine heisere, unbekannte stimme ohne sich vorzustellen.

„wer ist wohin?" erkundigte sich der kommissar verschlafen.

„solms und seine frau sind gerade nach hause zurückgekehrt und legen sich wahrscheinlich gerade schlafen", erklärte die stimme. „sollen wir die beiden hops nehmen?"

kieselbach war endlich im bilde und überlegte einen moment.

„die beiden sind allein gekommen, ohne begleitung?"

„genau."

„na super", murmelte lukas kieselbach träge. er verspürte keine große lust derartig früh am tag sich selbst aus dem bett zu werfen und andere leute dazu. wenn viktor solms samt frau freiwillig zurückgekehrt war bestand mit sicherheit keine unmittelbare fluchtgefahr.

„wartete noch eine stunde ab", erklärte der kommissar. „wenn bis dahin nichts besonderes passiert ist, hat sich die sache für euch erledigt. ich werde mir die herrschaften dann morgen früh vornehmen."

„alles klar", meldete die stimme und verstummte.

kieselbach stellte seinen wecker auf sechs, wühlte sich in sein plumeau und schlief weiter.

kurz vor sieben stand der kommissar ausgeschlafen und frisch rasiert vor dem wuchtigen, schmiedeeisernen zugang der villa solms und betätigte die türglocke. es dauerte eine knappe minute, dann fragte eine mürrische stimme aus der gegensprechanlage ´ja bitte´?

kieselbach stellte sich vor und stand augenblicke später in einem beeindruckenden salon mit einer unendlich hohen stuckdecke. an den altweiß gestrichenen wänden hingen mindestens zwei dutzend gemälde alter meister, die wahrscheinlich in jedem museum der welt ihren platz gefunden hätten. das mobilar des raumes war im gegensatz dazu hochmodern, sowohl in form als auch in farben. eine gewöhnungsbedürftige zusammenstellung, fand lukas kieselbach.

solms trug einen dunkelblauen, seidenen morgenmantel, seine füße steckten in ledernen pantoffeln und sein dünnes, blondes haar lag nur bedingt so wie es sein sollte. er wirkte unausgeschlafen und schlecht gelaunt.

kieselbach informierte seinen unfreiwilligen gastgeber in aller kürze aber auch deutlich über den neuen stand der ermittlungen. viktor solms war in einem ausladenen, signalroten sessel versunken und hörte interessiert aber keineswegs angespannt zu. ebenso wie canisius unternahm er keinen versuch, seine verwicklung in dem fall zu leugnen.

„herold ging es in allererster linie um profit, der mann war nur in zweiter linie wissenschaftler, wenn überhaupt, aber das haben der professor und ich erst viel zu spät bemerkt."

„hätten sie nicht von anfang an mißtrauischer sein müssen?"

„im nachhinein ist man immer klüger", gab der händler gereizt zurück. „aber wenn eine international anerkannte kapazität wie canisius ein einwandfreies positivgutachten vorlegt, welchen grund sollte man dann als kunsthändler haben, die echtheit eines bildes anzuzweifeln? hier sind verkäufer und kunden den experten gnadenlos ausgeliefert."

kieselbach nickte verständnisvoll, um den redefluß des händlers nicht zu unterbrechen.

„um die unselige sache wenigstens einigermaßen aus der welt zu schaffen, habe ich in den letzten monaten alles unternommen, die fälschungen zurückzukaufen. eine hochnotpeinliche angelegenheit für unser haus, darf ich ihnen gestehen, und wahrscheinlich ziemlich einzigartig bisher."

„und wie haben ihre kunden auf die rückrufaktion reagiert?"

„höchst unterschiedlich. der erste war stocksauer, was ich sehr gut nachempfinden kann, und hat mir seinen vasarely, nach rückerstattung des kaufpreises, kommentarlos zurückgegeben. zwei zeigten einigermaßen verständnis für das, was passiert ist. der vierte, na ja", solms fuhr sich mit der rechten hand durch sein wirres haar, „der vierte ist der meinung, es handele sich bei dieser aktion um einen billigen trick, weil ich seinen miró anderweitig für einen wesentlich höheren preis verkaufen kann. dieser herr ist nur dann bereit das werk zurückzugeben, wenn ich ihn zur hälfte an der rendite beteilige. da kann man leider nichts machen." der kunsthändler schüttelte seinen kopf. „den fünften kunden konnten wir bis jetzt noch nicht kontaktieren."

„wenn die sache an die öffentlichkeit kommt, dann dürfte das für ihren laden nicht die allerbeste werbung sein, oder?"

viktor solms nickte. „ich könnte auf der stelle liquidieren und wieder andenken verkaufen, wie mein urgroßvater."

es entstand ein kurze pause bevor kieselbach zum zentralen punkt kam. „und das alles, weil sie einem ausgebufften betrüger aufgesessen sind."

der kunsthändler nickte schwach. „ich muß zugeben, dass ich nicht damit gerechnet habe, jemals so vorgeführt zu werden."

der kommissar nickte. dass solms sich selbst für einen ausgeschlafenen geschäftsmann hielt, war offensichtlich. „und wer hat dann doktor herold auf dem gewissen?"

der junge firmeninhaber zuckte mit seinen schmalen schultern. „nicht die allergeringste ahnung, herr kommissar. ich gebe natürlich zu, dass ein gewisser verdacht auf canisius und mich fallen muss. aber sehen wir beide so aus, als ob wir jemanden umbringen könnten?"

„man kann solche dinge auch delegieren", erklärte kieselbach ein zweites mal, sachlich und ohne direkte anschuldigung.

„auch wieder wahr", gestand viktor solms und erhob sich. „aber vielleicht kann ich ihnen bei ihrer suche nach dem täter zumindest ein kleines stück weiterhelfen."

mit der linken hand klappte er ein gemälde mit einer ziemlich dunkel geratenen sommerlandschaft zur seite. dahinter befand sich ein kleiner safe mit zahlenschloß, das solms mit einigen bewegungen seiner rechten hand öffnete. ohne großartig suchen zu müssen, entnahm er dem wandtresor zwei briefbögen und reichte sie dem kommissar.

„wir sind nicht nur von herold betrogen, sondern obendrein alle zusammen auch noch erpreßt worden", erklärte viktor solms ausdruckslos während kieselbach die beiden schreiben studierte. es handelte sich um fotokopien einer mitteilung, die sich aus zeitungschnipseln zusammensetzte. kurz und bündig wurden canisius, solms und herold organisierte kunstfälschung und betrug vorgeworfen und mit einer anzeige gedroht, falls nicht innerhalb einer gewissen frist ein schweigegeld bezahlt würde. die summe war erheblich. der fall herold begann formen anzunehmen.

„sie haben bezahlt?" erkundigte sich der kommissar.

„alle drei, herold, canisius und ich. was blieb uns anderes übrig, wenn wir nicht auffliegen wollten?"

„und wie lief die übergabe ab?"

„eigentlich ziemlich einfach. wir bekamen kurzfristig eine schriftliche anweisung, wohin sich einer von uns zu bewegen hatte. unterwegs musste er dann auf ein bestimmtes zeichen achten, einen roten schal oder ein lichtsignal. das erste mal durfte canisius das geld über eine friedhofsmauer werfen, beim zweiten mal durfte herold einen aktenkoffer aus einem fahrenden nachtzug fallen lassen."

„haben sie versucht, dem erpresser eine falle zu stellen?"

„wie denn, mit drei amateuren?" erkundigte sich der kunsthändler. „für sie und ihren apparat wäre das ganze wahrscheinlich ein kinderspiel gewesen, aber so?"

„mit anderen worten, das wunderbare geschäftsmodell mit den originalen war ein glatter reinfall."

viktor solms nickte: „wie sagt man so schön - ´der volle griff ins klo´."

„und sie hatten keinen verdacht, wer sie da ausnehmen wollte?"

der unternehmer zuckte mit den schultern. „entweder einer von uns oder einer unserer kunden, der hinter den schmuh gekommen war. aber weder das eine noch das andere war zu beweisen. und an die polizei konnten wir uns ja schlecht wenden."

„vielleicht hätten wir dann eine leiche weniger", antwortete kieselbach, nahm die beiden erpresserbriefe an sich und stand auf.

„darf ich sie bitten im laufe des vormittags auf der wache zu erscheinen und ihre aussage zu protokoll zu geben?"

„das heißt, ich bin nicht verhaftet?" erkundigte sich viktor solms erstaunt.

„bis jetzt liegt noch kein vollständiger beweis für eine strafbare handlung ihrerseits vor", antwortete kieselbach. „und wenn sie die angelegenheit mit den fälschungen ohne aufsehen aus der welt schaffen und selbst keine anzeige wegen erpressung vornehmen, sehe ich vorläufig keinen grund sie hinter schwedische gardinen zu bringen."

man sah dem kunsthändler an, dass er aufrichtig erleichtert war. er erhob sich aus seinem knallroten fauteuil und reichte seinem besucher die hand.

„ich werde in einer stunde auf der wache sein."

„denken sie bitte an doktor herolds abrechnungen."

„kein problem."

schreibtischkram

deutlich nach dienstbeginn erschien kieselbach auf der wache. für die knapp zehn kilometer von lübben nach lübbenau hatte er mehr als eine dreiviertelstunde benötigt. zwei geschlossene bahnschranken hatten ihm den weg abgeschnitten, vor ´kaufland´ stand eine behelfsampel, die den verkehrsfluss regelte, oder besser gesagt, lahmlegte und am eingang karl-marx-straße hatte sich ein satter verkehrsunfall mit einem kleinlaster und zwei pkw ereignet, den enderleins leute nach allen regeln der kunst dokumentierten.

der kommissar ließ minkner kommen und schickte ihn mit den beiden erpresserbriefen ins labor nach senftenberg, um feststellen zu lassen, ob sie irgendwelche aufschlüsse über den verfasser geben konnten. für sich selbst legte kieselbach einen neuen zettel für den großen unbekannten an, der die dreierbande mit seinen ruinösen forderungen um jeden gewinn gebracht hatte. kieselbach ´liebte´ die großen unbekannten. in büchern und filmen dienten sie dazu, die ermittlungsarbeiten zu komplizieren, im wahren leben auch. der große unbekannte vom dienst hatte insiderwissen, er kannte alle beteiligten und wusste um ihre erpressbarkeit. mit anderen worten, so unbekannt konnte der große unbekannte nicht sein. kieselbach fragte sich, ob die beiden maler, büren und wolski, aktien in der sache hatten? grund bestand für beide, bei entsprechend kurzer zündschnur.

zwei stunden später meldete sich steiner, der laborchef in senftenberg.

„nichts aufregendes, lukas, jede menge fingerabdrücke und das papier ist massenware. allerdings sind beide kopien einwandfrei auf der gleichen maschine gemacht worden. ich weiß nur nicht, ob dir das weiterhilft."

„ich auch nicht", antwortete kieselbach und sah sich im geiste sämtliche kopiershops im land abklappern, ohne ergebnis natürlich.

„sollen wir die briefe zurückschicken?"

„wäre prima."

um kurz vor neun erschien viktor solms, korrekt gekleidet und frisiert. er öffnete seinen extrem flachen aktenkoffer und legte mehrere computergeschriebene bögen auf kieselbachs plastikschreibtisch.

„doktor herolds abrechnungen, soweit sie die zusammenarbeit mit unserem haus betrafen", erklärte er steif aber nicht unfreundlich.

„das protokoll erstellt kollege gebhardt ein stockwerk tiefer", erklärte lukas kieselbach. chef zu sein konnte auch vorteile haben.

„kein problem", gab der kunsthändler zurück.

„sie versprechen, den spreewald nicht zu verlassen, oder falls dies nötig sein sollte, mich vorher zu kontaktieren." auf einen kleinen zettel notierte kieselbach seine handynummer und schob sie über den schreibtisch.

viktor solms nickte. „ich bedanke mich für ihr vertrauen", erklärte er. „das gibt mir zeit zumindest die allerschlimmsten folgen für unser haus abzuwenden."

aufmerksam ging der kommissar durch das vor ihm liegende aktenmaterial. die beträge, die doktor herold innerhalb von knapp vier jahren über das kunsthaus böker & solms eingestrichen hatte, waren ausreichend um einen lebensstandard zu finanzieren, den andere nur aus dem fernsehen kannten.

mit den satten abrechnungen in der hand begab sich kieselbach ein stockwerk höher zur kripo. enderlein, ihr chef, hatte einen guten bekannten bei der schufa. hier konnte man problemlos und schnell informationen abzapfen, an die man über den dienstweg, wenn überhaupt, erst nach tagen kam.

ein fußballspiel später stand fest, dass herold offiziell nur über ein einziges konto verfügte auf das im verlauf der letzten jahre nichts weiter als sein höchst mittelmäßiges universitätsgehalt eingegangen war.

eine weitere auskunft ergab, dass in den letzten wochen weder auf den konten von canisius, büren und wolski irgendwelche undefinierbaren beträge eingezahlt worden waren. die bewegungen auf den privat- und geschäftskonten von viktor solms waren zu umfänglich um auf anhieb irgendetwas erkennen zu können.

„und diesen schotter hatte der gute doktor dann scheibchenweise in immobilien und konsumgüter investiert."

„teilweise bestimmt", konterte enderlein. „mit sicherheit hat er seine einkünft nicht auf ein sparbuch gepackt. vielleicht liegt hier der schlüssel."

„wie das?" erkundigte sich kieselbach.

„na ja, gesetzt den fall, herold hat sein geld wirklich nicht zur bank gebracht, sondern zu hause aufbewahrt, dann brauchte nur irgendjemand wind von der sache zu bekommen und wir hätten ein prima motiv für einen raubmord."

„und anschließend landet man dann als leiche in der hauptspree?" zweifelnd schüttelte der kommissar den kopf. „der liebe doktor legte wert auf eine exklusive garderobe, fuhr dicke autos und besaß teure immobilien. da blieb nicht viel bares übrig."

„wer weiß? vielleicht hat der gute mann sein geld wirklich zu hause gehortet", erklärte enderlein. „vielleicht sollten wir uns das gute stück in lehde mal ansehen. wer weiß, was der laden zu bieten hat."

„hätten wir schon längst machen sollen", gestand kieselbach.

„und wer lässt uns rein?" erkundigte sich der kripomann.

„gute frage!" antwortete der kommissar, griff zum handy und wählte. „wer hat schlüssel zum krämer haus?" fragte er seinen gesprächspartner ohne große vorrede.

„gute frage, chef", antwortete minkner. „obi vielleicht."

„und wer sonst noch, außer dem biber?"

„versuch's doch mal bei bräsemann. der macht seit jahren den hausmeister."

„du versuchst, aber pronto. wir treffen uns in dreißig minuten in lehde, vor der krämer-brücke."

„noch'n stück sachertorte dazu?" erkundigte sich minkner.

„'n kühles babben käme besser."

„babben macht erst um 17 uhr auf, chef."

„wir sind halt in der provinz", knurrte der kommissar und beendete das gespräch.

spurensuche

auf die sekunde genau kreuzte minkner mit dem hausschlüssel auf. „der war tatsächlich bei bräsemann. hat jahrelang den hausmeister gespielt bei den alten krämers, rasen gemäht, wildschweine verjagt, zäune gestrichen, und so weiter. und herold hat ihn quasi mit übernommen."

„wie das gurkenfass im vorgarten", kürzte kieselbach ab.

„genau", antwortete minkner. „dabei war bräsemann auch scharf auf die hütte."

„auf die hütte wäre ich auch scharf, wenn ich das nötige kleingeld hätte", gab der kommissar zurück und betrat die schmale brücke, die zum krämer-grundstück führte. „und der schlüssel liegt auf der wache, wenn wir hier fertig sind."

„ay, ay, captain." minkner salutierte müde und trat ab.

von der brücke bis zur haustür waren es mehr als 200 meter fußweg. kein wunder, dass die alten leutchen letztendlich ihr anwesen verkauft hatten. die wege in der stadt waren erheblich kürzer und einfacher.

der nagelneue sicherheitsschlüssel passte auffallend und die beiden kommissare betraten ein helles und nach frischer farbe riechendes haus.

„hier steckt also das geld“, bemerkte enderlein und blickte aus der kleinen halle direkt in das durchgestylte wohnzimmer. eine aufwendig gearbeitete, schneeweiße sitzlandschaft aus chrom und leder, umgeben von ausgesuchten teppichen, beherrschte das zentrum, an den wänden befanden sich beeindruckende bilder aus unterschiedlichen stilepochen.

„ich wette, das sind originale“, sagte der kripomann, blickte vorsichtig hinter einen der rahmen und nickte. „mit alarmanlagen gesichert. eine berührung und du hast das volle programm am hals, sirenen, video-kameras und irgendeinen security-service.“

kieselbach hatte kurz die extravagante küche in augenschein genommen, die mit sicherheit mehr wert war als die komplette einrichtung seiner behausung. danach betrat er das mit zwei weiten fenstern bedachte arbeitszimmer. die beiden verbliebenen wände waren mit randvollen bücherregalen bestückt, vor denen ein wuchtiger barocker wurzelholzschreibtisch stand. rechts daneben befand sich ein fahrbarer computerarbeitsplatz mit fabrikneuen geräten. üppiger wohlstand wohin man blickte.

die läden des schreibtisches waren nicht verschlossen und kieselbach begann systematisch die einzelnen schubfächer durchzugehen. ein kleiner ordner mit kontoauszügen und ein visitenkarteiordner in leder und chrom offenbarten keine geheimnisse.

„nicht schlecht“, erklärte enderlein anerkennend, „und das alles von einem schlichten dozentengehalt.“

„irgendwas müssen wir falsch gemacht haben“, fügte kieselbach an. zufällig fiel dabei sein blick auf einen kleinen, grauen apparat, der unauffällig in eines der beiden bücherregale eingepasst war.

„schau einer an, ein kopiergerät", murmelte der kommissar. „interessant."

„glaubst du, die beiden erpresserbriefe wurden hier kopiert?"

„wenn herold derjenige war welcher, warum nicht? kann mir nicht vorstellen, dass dieser feine herr deswegen extra einen copyshop aufgesucht hat."

„mit sicherheit nicht sein niveau", erklärte enderlein.

„und wenn die schreiben von dieser maschine stammen, dann haben wir zumindest die klamotte mit den fälschungen inklusive erpressung abgeschlossen."

„wahrscheinlich." der kripomann nickte. „dann fehlt nur noch der große unbekannte, der herold das lebenslicht ausgeblasen hat."

„genau", antwortete kieselbach. „leider sehen unsere kandidaten überhaupt nicht aus wie notorische killer."

„wir sollten trotzdem die alibis einholen."

„dringend", murmelte kieselbach. „vor allem von schreckenberg, unserem bundeswehr-rambo. wohnt gleich nebenan. die hütte sieht allerdings etwas anders aus. ´ne hartz IV laube im vergleich zu dem hier."

„könnte auch ein motiv sein."

„was?"

„na ja, zu kurz gekommener wissenschaftler ebnet sich den weg nach oben. und", fügte enderlein hinzu, „dieser schreckenberg sollte wissen, wie man konkurrenten ausschaltet. auch mit improvisierten methoden."

„sollte er." kieselbach blickte unschlüssig durch den raum. „ich werde steiner anrufen, damit er die bude hier gründlich auf den kopf stellt."

„inklusive kopierer."

„und gebhardt und minkner kümmern sich um die alibis."

„gehört zu ihrem tätigkeitsprofil."

„aber haargenau."

der kommissar griff zum handy und setzte steiner, minkner und gebhardt in bewegung. sein besuch nebenan schlug fehl. die schreckenberg-gang war komplett ausgeflogen.

zurück auf der wache wartete besuch auf kieselbach, der seriöse, ältere herr, der bei bröker & solms geräuschlos den innendienst versah.

„kaminski", stellte sich der mann vor.

„angenehm, kieselbach", erwiderte der kommissar. „wie kann ich ihnen helfen?"

„es geht", begann der ältere, silbergraue herr, „um einige informationen, die ich vertraulich weitergeben möchte."

da will einer petzen, dachte kieselbach und nickte. leider war man in seinem beruf auf derartige leute und ihr wissen angewiesen.

„versteht sich von selbst", antwortete der kommissar, lächelte und bot seinem besucher den stuhl vor seinem schreibtisch an.

„seit einigen wochen ist in unserem haus nichts mehr so, wie es bisher war", begann kaminski. leider."

„das heißt konkret?"

„die firma bröker & solms wird liqudiert. alles nötige ist bereits in die wege geleitet."

„solms ist pleite?" erkundigte sich kieselbach.

„wohl kaum. aber gewisse vorfälle in der letzten zeit haben dem firmenimage sehr geschadet."

„das ist uns bekannt."

„und deswegen wird der firmensitz jetzt nach düsseldorf verlegt. die firma bröker & solms hängt sich mit ihrem kapital und ihren verbindungen an ein unbeschädigtes unternehmen, wenn sie wissen was ich meine."

„ich weiß, was sie meinen", murmelte der kommissar.

„zu viel aufregung und zu viel gerede. wirkt auf die dauer geschäftsschädigend. in unserer branche lebt man hauptsächlich von seriösität."

kieselbach nickte. „und dieser umzug lässt sich problemlos realisieren?"

„problemlos. mit einem bein waren wir sowie so immer drüben. die potente kundschaft sitzt halt immer noch im westen, und die räume im schloss sind nur angemietet."

„wann werden sie uns verlassen?"

„solms geht in zirka vier wochen. ich bleibe und darf den geschäftlichen rest abwickeln", erklärte der leise mann.

„wieso das?"

„ganz einfach. mein job drüben ist bereits vergeben. gestern hat mir solms den stuhl vor die tür gesetzt, für mich ist in düsseldorf kein platz. nach 20 jahren mitarbeit für ein nicht sonderlich aufregendes salär."

„na schön." kieselbach erhob sich. das gespräch war ihm unangenehm. „dann bedanke ich mich für die informationen und wünsche ihnen alles gute bei der suche nach einem neuen, adäquaten arbeitsplatz."

„das war nicht alles, herr kommissar", antwortete der entlassene. „es gibt da noch einiges, das sie wissen sollten."

„und das wäre?"

„nun ja, auf der anderen seite hat der chef alte kontakte wieder aufleben lassen."

„das ist nicht verboten."

„aber mitunter bedenklich. vielleicht sagt ihnen der name alexander repin etwas?"

der kommissar dachte kurz nach und schüttelte dann den kopf.

„wirklich nicht? alexander repin, einer unserer früheren mitarbeiter. ein herr aus kasachstan. musste allerdings entlassen werden."

„warum?"

„einbruchdiebstahl mit schwerer körperverletzung. hat ihm glatte fünf jahre gebracht."

„kommt in den besten familien vor."

„mag sein, aber der mann ist gemeingefährlich. hatte schon, bevor er zu uns kam, ein vorstrafenregister von hier bis nach moskau. hauptsächlich körperverletzungen. der herr reagiert sehr spontan und ist anscheinend wieder auf freiem fuß."

„und wie lief diese kontaktaufnahme ab zwischen ihrem chef und diesem repin?"

„hauptsächlich über internet."

„und diese korrespondenz geht über ihren schreibtisch?"

„teilweise", antwortete kaminski.

„und warum diese kontaktaufnahme?"

„keine ahnung, herr kommissar. aber herr solms unternimmt nichts ohne berechnung, na ja, und ohne aussicht auf profit."

„und aus welchem grund erzählen sie mir diese geschichte?"

„erstens, weil ich denke, dass die polizei wissen sollte, dass repin wieder im lande ist. und zweitens, weil sie einen mordfall zu klären haben, oder?"

„und sie glauben solms und repin haben aktien in der sache?"

„wer weiß? diesem repin traue ich einiges zu."

„auch mord?"

„ich denke, der mann würde seine mutter verkaufen, wenn sich die sache rechnet."

„und ihr chef auch?"

der angestellte zuckte mit den schultern.

„was wissen sie sonst noch über diesen repin?"

„zum beispiel, dass er vor knapp zwei wochen hier im spreewald war."

„sie haben repin gesehen?"

der mann nickte. „im schlosspark, zusammen mit solms."

„na schön", murmelte der kommissar. „ich weiß zwar nicht, ob die informationen weiterhelfen, aber sie sind notiert."

„es wäre schön, wenn ich vorläufig als informationsquelle nicht in erscheinung träte", erklärte kaminski und erhob sich. „ich muss hier noch 2 monate hinter mich bringen."

vier stunden später erschien steiner mit drei männern auf der wache. die wesentlichen stellen des anwesens waren untersucht.

„also", begann steiner, „die erpressermitteilungen stammen eindeutig von der kopiermaschine in dieser krämer-villa."

„sicher?"

„absolut. dafür gibt´s handfeste beweise. werden dir schriftlich mitgeteilt."

„wunderbar." kieselbach nickte. stück für stück kam die sache voran. „sonst noch was?"

„eine sache – wie groß war der tote?"

„na, so einen meter achtzig."

„quasi meine größe," erklärte steiner.

„ungefähr. warum?"

„na ja, überall in der bude befinden sich abdrücke von riesigen pranken, fast doppelt so groß wie meine. echte klodeckel."

„ernsthaft?"

„hundert pro. muß eine granate sein, der typ, und hat die ganze bude durchwühlt. systematisch. die griffel sind fast überall."

„wo überall?"

„na, auf den kontoauszügen, dem telefonbuch, an und in den schränken, in jedem zimmer."

„super."

„kennst du den kameraden mit den langen fingern?"

kieselbach nickt. „wohnt direkt neben der nobelscheune."

„profi-klaubacke?" erkundigte sich steiner.

„ne, doktor an der uni."

„na ja" murmelte der spurenexperte, „jeder muss sehen, wo er bleibt."

steiner ging und minkner kam. in seinen händen knüllte sich eine lose blättersammlung. „totale fehlanzeige, chef, die herrschaften haben prima alibis. dieser professor hat das gesamte wochenende zu hause verbracht, kann seine frau bestätigen, und dieser glattgeleckte solms war am wochenende durchgehend in düsseldorf, können seine frau und etliche andere leute auch bestätigen. die beiden herrschaften haben den famosen doktor nicht abgeknipst. und dieser pinselquäler büren, sagt gebhardt, war auf irgendeiner fete in dresden, mit einigen kollegen. müssen sich da total die kante gegeben haben. können mindestens acht leute bezeugen."

zum beweis legt minkner einen fetzen papier mit acht handgeschriebenen adressen vor.

„na wunderbar", knurrte kieselbach, „das katapultiert uns lichtjahre nach vorn. alles sauber abtippen, zu den akten heften und bei gelegenheit zwei adressen abtelefonieren."

„super", maulte minkner. „komm zur polizei, da erlebst du was, hieß es. - und wie sieht die wirklichkeit aus? herr hauptwachtmeister, bitte zum diktat. toller job."

„du hättest zum militär gehen sollen, da wird momentan reichlich geboten, in afghanistan zum beispiel."

„als taliban-moorhuhn? ne danke, zinksärge von innen und staatsbegräbnisse sind absolut nicht mein fall." minkner grinste und winkte ab. „dann lieber protokolle. die explodieren nicht so schnell."

„leider", murmelte der dienststellenleiter und fummelte den schlüssel zur ehemaligen krämer-villa aus seiner uniformjacke. „mit dank zurück an bräsemann junior."

„wird ausgerichtet", gab minkner zurück. „hubert hat inzwischen ´ne andere hütte in lehde angekauft. ist allerdings ganz hübsch verscheißert worden bei der transaktion. darf in dem schuppen nicht mal ´ne dusche einbauen. denkmalschutz bis zur letzten fliese. der totale schwachsinn."

„tja, lehde is nich ohne", murmelte lukas kieselbach.

„sag ich doch", antwortete der hauptwachtmeister. „der junge ist momentan ziemlich angefressen."

der kommandomann

„sie schon wieder?" schreckenberg machte kein begeistertes gesicht als er den polizisten vor seiner haustür erblickte.

„so ruhig hier", antwortete kieselbach. „strohwitwer?"

„ne, kollektiver arztbesuch. der eine kriegt tetanus, der andere wahrscheinlich masern, nummer drei fährt aus sympathie mit und mama hat den führerschein."

„na wunderbar, dann können wir uns ja ungestört unterhalten."

„und worüber?"

„zum beispiel ihre karriere in der armee."

„bundeswehr hieß das bei uns."

„war vermutlich auch nicht viel besser als unser laden", entgegnete der kommissar.

„wir hatten nicht so komische pisspötte auf dem kopf wie ihr", antwortete der riese.

„dafür funktionierte eine kalaschnikow auch unter wasser."

„wir waren im westen auf alle tricks vorbereitet, auch auf wasserpistolen."

„und weil ihr angst vor diesen wasserpistolen hattet, wurden sie zu einer art rambo ausgebildet, richtig?"

„stimmt." der riese nickte lebhaft. „ich kann heute noch drei tage lang mit nur einer büchse fisch und zehn schachteln zigaretten auskommen."

„das überlebt nicht jeder."

der wissenschaftler musste grinsen. „und was hat meine ausbildung mit dem fall herold zu tun?"

„keine ahnung", antwortete kieselbach. „mir wurde lediglich mitgeteilt, sie könnten im ernstfall jeden gegner ausschalten."

„das kann auch meine oma, mit der entsprechenden bewaffnung."

„aber sie hatten ein motiv und ihre oma nicht."

„meine oma war aber wesentlich kaltblütiger als ich", erklärte der dozent. „die konnte hühner und hasen schlachten und ganze schweine verwursten, ohne mit der wimper zu zucken. mir wird schon übel, wenn ich blutwurst sehe."

„echt?"

„ich bin vegetarier."

„und damit wird man zwei meter groß?"

„zwei meter und vier."
„heftig."
„sonst noch fragen?"
kieselbach nickte. „besitzen sie zufällig ein fahrrad?"
„eins? jede menge, die dinger stapeln sich bei uns. warum?"
„nur so. könnte ich die drahtesel mal sehen?"
„sie meinen, bei mir fehlt ´ne speiche?"
„wird sich zeigen", antwortete der kommissar.
„na schön. die drahtesel stehen auf dem festland, das spart jede menge schlepperei."
„dann zurück aufs festland."
gemeinsam liefen die beiden männer über den verbrannten rasen und überquerten das kurze brückchen, das ost-lehde mit west-lehde verband. unter ihnen zogen drei vollbesetzte kähne mit verschwitzen rentnern dicht hintereinander richtung lübbenau. vor einem windschiefen und baufälligen holzschuppen, der quasi an einer kastanie lehnte, blieb der wissenschaftler stehen.
„wundern sie sich bloß nicht über das chaos. die kinder feuern ihre maschinen hier rein wie sie wollen und aufgeräumt haben wir das letzte mal, glaube ich, vor dem ersten weltkrieg."
„dann sieht´s ungefähr so aus wie bei mir", antwortete der kommissar.
schreckenberg hatte nicht übertrieben. das chaos war bemerkenswert. gartengeräte aller art, ein abgewrackter holzkohlegrill, diverse kisten, kartons und zwei angerostete rasenmäher stapelten sich irgendwie in der holzlaube. und mitten in dieser sammlung befanden sich ein halbes dutzend fahrräder jeder größe, lieblos ineinander geschoben. vater hätte ihm feuer gegeben, dachte lukas kieselbach, wenn er so mit seinen rädern umgesprungen wäre.
„ich hab´s ihnen gesagt. sieht aus wie bei hempels unter´m sofa."
„so lange jeder sein zeug wiederfindet", murmelte der kommissar.
„na ja, das kommt auch vor. hängt davon ab, wie viel zeit man in die nachforschungen investiert."

„wenn mal was zu bruch geht, reparieren sie die räder selbst?" erkundigte sich der polizist.

„ich?" der doktor schüttelte den kopf. „im leben nicht. ich bin der typische fachidiot, zu doof um einen eimer wasser umzukippen."

„könnten wir die räder mal an die frische luft bugsieren?"

„alle?"

„alle!"

„kontrolle?"

„kontrolle!"

„sind sie von der fahrradstreife?"

der kommissar schüttelte den kopf. „war bei uns nicht vorgesehen. auch nach der wende nicht."

der wissenschaftler grinste. „stimmt. – muss früher das reinste abtreibungspflaster gewesen sein."

„richtig. nur bei uns brauchte niemand abzutreiben. mit kindern ging´s besser als ohne."

„ihr wolltet den kapitalismus", antwortete der bildermensch. „jetzt sind die kinder weg. erinnert mich irgendwie an die geschichte mit dem rattenfänger."

„hier sind einige rattenfänger durch´s land gezogen", murmelte lukas kieselbach. gemeinsam zerrten und schoben sie sechs fährräder, beziehungsweise ihre restbestände ans tageslicht. „zuerst die demokratiefischer, dann die versicherungsfritzen und danach die kaputtsanierer."

„hübsch formuliert", antwortete der kunstexperte. „stammt das von ihnen?"

„nö", gab der kriminalist zurück. „die quintessenz aus 20 jahren stammtischarbeit."

„na ja, ziemlich wenig zeit, um einen klaren gedanken zu fassen, ich meine, historisch gesehen."

„stimmt. deswegen ist diese wiedervereinigung auch so hübsch asymetrisch gelaufen. großer fisch maul auf, kleiner fisch weg."

„ihr habt den sandmann behalten."

„stimmt. das gleiche männchen aber anderer sand." sorgfältig untersuchte der kommissar die laufräder der tretesel. keines der geräte gehörte mehr auf die straße, aber die speichen waren vollzählig vorhanden.

„alles zu ihrer zufriedenheit?"

„kriminaltechnisch ja, verkehrstechnisch nein."

„werde ich weitergeben", antwortete der reserveoffizier. „sonst noch was?"

der kommissar nickte. „eine sache noch. – unsere spurensicherung hat das haus ihres ehemaligen nachbarn etwas genauer untersucht. dabei ist man überall auf ihre fingerabdrücke gestoßen. gibt´s dafür eine erklärung?"

der riese atmete kurz durch und nickte dann. „na ja, in der letzten woche hat mich herold zwei mal gebeten ein paar sachen in seiner hütte etwas umzuräumen."

„und sie haben ihm den gefallen getan?"

„na ja, jeden tag eine gute tat."

„muß aber ein gründlicher umbau gewesen sein."

„kann man so sagen."

„und dabei haben sie auch das private telefonbuch und die kontoauszüge umgetragen?"

der reserveoffizier fuhr sich mit der rechten hand durch die grau werdende mähne. „tja, wird mir dabei wohl irgendwie in die finger gefallen sein."

„na gut", antwortete der kommissar und kramte zwei bedruckte zettel aus seiner uniformtasche. „kennen sie das hier?" nacheinander übergab kieselbach die beiden erpresserschreiben.

aufmerksam studierte schreckenberg die unerfreulichen mitteilungen. „nie gesehen", antwortete er dann und gab die schreiben zurück. „scheint sich aber um eine ganz hübsche schweinerei zu handeln. musste herold deswegen ins gras beißen?"

„keine ahnung", antwortete kieselbach. er sammelte die papiere ein und nickte dem wissenschaftler zu. „sie halten sich zur unserer verfügung und verdampfen nicht plötzlich nach brasilien, oder so."

„aber lüneburger heide wäre okay?"
„nur in begleitung ihrer großeltern."

professor privat

kilka, die flotte sekretärin hatte ihm am telephon mitgeteilt, das professor canisius das seminar vor wenigen minuten in richtung heimat verlassen hatte. kieselbach ließ sich die adresse geben und machte sich auf den weg nach straupitz. die ganze organisation, so schien es, hockte auf einigen, wenigen quadratkilometern zusammen. praktisch.

der professor wohnte direkt gegenüber der mächtigen, kantigen schinkelkirche, deren doppeltürme den restlichen ort weithin sichtbar überragten. die ebenfalls kantige gelehrtenvilla am kirchenvorplatz war durch hohe kastanien und eine dichte, gelbgrüne buchenhecke fast vollständig verdeckt.

eine kleine, rundliche frau mit grauen haaren öffnete das massive portal zur villa und blickte den ankömmling fragend an. kieselbach sagte seinen spruch auf und wurde in eine kleine, kreisrunde halle gebeten. vier türen gingen von hier ab und zwei treppenaufgänge. an den schmalen wandflächen hingen sorgfältig gerahmte, wuchtige ölgemälde, die hauptsächlich wilde und düstere gebirgslandschaften zeigten.

die tür am entfernten ende der kleinen halle öffnete sich und professor canisius erschien. seine füße steckten in grauen filzpantoffeln und anstelle eines jackets trug er eine handgestrickte, etwas zu groß geratene weste aus feiner, grauer wolle. nichts wies darauf hin, das man es mit einem großen kunstsachverständigen zu tun hatte.

„ach, sie sind´s." zum zweiten mal heute hörte der kommissar diese begrüßung, doch dieses mal klang sie noch weniger erfreut als wenige stunden zuvor.

„es gibt da einige punkte, die wir noch klären sollten", begann kieselbach.

canisius nickte wortlos, öffnete die schwere holztür und machte eine kurze, einladende handbewegung.

der kommissar betrat ein studierzimmer von mindestens dreißig quadratmetern, das nach süden und westen hin voll verglast war und einen blick auf ebene wiesenflächen freigab. die zwei parallelen baumreihen am ende des sichtfeldes markierten den sandweg in richtung neu-zauche und wußwerk. an den übrigen wänden befanden sich regale, die vom fußboden bis zur decke mit büchern vollgestopft waren. bilder gab es keine, dafür eine freundliche sitzecke, da, wo die beiden fensterfronten aneinander stießen.

kieselbach bekam einen platz auf der gut gepolsterten bank zugewiesen.

„darf ich ihnen jetzt einen sherry anbieten, oder etwas anderes?"

der kommissar schüttelte den kopf.

„wie sie meinen", sagte canisius, entnahm seinem schreibtisch einen schwere karaffe und ein passendes glas und setzte sich zu seinem ungebetenen besucher.

„warum haben sie uns nicht mitgeteilt, dass sie erpresst wurden?" begann kieselbach.

„ich denke, die ganze, unselige sache ist vorbei und es wird keine erpressungen mehr geben", antwortete der kunstsachverständige ohne zögern, so als hätte er mit dieser frage gerechnet.

„sind sie sich da sicher? erpresser haben sehr oft die unangnehme eigenschaft ihren versuch zu wiederholen. warum sollte ihrer sich anders verhalten?"

„lassen wir es darauf ankommen", entgegnete canisius müde. „falls er einen dritten versuch starten sollte, werde ich sie unverzüglich informieren."

„wir haben im übrigen festgestellt", fuhr kieselbach fort, „dass beide erpresserschreiben vom gleichen kopiergerät stammen."

„durchaus möglich."

„sie kennen den verfasser der schreiben?"

„den zu finden war keine große kunst", antwortete der alte herr.

„wirklich nicht?"

der professor schüttelte den kopf. „neben mir war nur noch ein überschaubarer personenkreis in die affäre verwickelt. da mir der oder die maler bis heute unbekannt sind, kamen eigentlich nur noch zwei leute für die erpressung in frage."

„und sie haben den urheber ermittelt?"

der wissenschaftler füllte bedächtig sein schlankes sherryglas und nahm einen ersten, kleinen schluck. ruhig und konzentriert blickte er aus dem fenster.

„der erpresser konnte nur ein insider sein", erklärte er dann mit wissenschaftlicher sachlichkeit, „solms oder herold, das stand für mich schon mit dem ersten schreiben fest. als dann die zweite erpressung kam, habe ich meinen geldanteil präpariert."

„präpariert? wie das?"

„ganz einfach, mit hilfe von aggressiven grippeviren."

„wie bitte?"

„mit grippeviren", wiederholte der wissenschaftler geduldig. „im souterrain unseres seminars befindet sich seit jahren ein ableger des bakteriologischen institutes der medizinischen fakultät. platzmangel. das hat uns einen guten teil unserer präsenzbibliothek gekostet, aber wir hatten keine möglichkeit uns gegen diese zwangseinquartierung zu wehren. damals konnten wir diese ´bakterien´ nicht ausstehen, aber inzwischen ist der leiter dieser abteilung einer meiner besten freunde."

„und der hat ihnen diese grippeviren überlassen?"

„ich habe ihm erzählt, dass es unregelmäßigkeiten in der seminarkasse gibt, die sich vielleicht intern regeln lassen, ohne polizei und presse. daraufhin haben wir ein paar geldscheine präpariert, mit leicht aggressiven kulturen. der mann hatte keine ahnung, worum es in wirklichkeit ging."

„und die sache hat funktioniert?"

canisius nickte. „mehr als deutlich. einen tag nach der zweiten übergabe meldete sich doktor herold krank. grippe. ich habe ihn in seinem neuen haus besucht. die symptome waren eindeutig, fieber, schüttelfrost, übelkeit, schweißausbrüche, das volle programm, aus heiterem himmel. das war der beweis, den ich brauchte."

„und wie ging die sache weiter?" für einen moment überlegte sich der kommissar, was die staatsanwaltschaft alleine aus diesem tatbestand stricken würde. vorsätzliche, schwere körperverletzung, mindestens.

„ziemlich einfach", erklärte der wissenschaftler. „ich habe solms von meinen ´ermittlungen´ berichtet und knapp zwei wochen später war herold tot."

„sie wissen, dass sie mit dieser aussage solms eventuell ziemlich stark belasten?"

„ich habe ihnen die dinge so beschrieben wie sie abgelaufen sind", antwortete canisius, „ohne jede schuldzuweisung. ich bin aus dummheit und eitelkeit in eine verdammt blöde sache hineingerutscht, herr kommissar, mein fehler. aber mehr wird man mir nicht zur last legen können. die richtigen schlüsse aus meinen informationen zu ziehen, ist ihre angelegenheit."

der kommissar nickte. „eine frage noch, kennen sie einen herrn repin, alexander repin?"

der professor legte die stirn in falten. „alexander repin? in welchem zusammenhang?"

„nur so, der vollständigkeit halber."

„es hat einen russischen maler gegeben namens repin", erklärte der kunstexperte, „aber der hieß mit vornamen ilja, wenn mich nicht alles täuscht. ist 1930, glaube ich, in finnland gestorben. ein hervorragender vertreter des russischen realismus."

„das muß der opa gewesen sein", antwortete kieselbach.

aufklärung

der kommissar öffnete sämtliche türen und fenster seines dienstwagens und ließ die heiße luft entweichen. auch aus dem fall herold war die heiße luft raus. die fragen nach motiv und verlauf waren geklärt.

eindeutig. solms hatte seinen ehemaligen geschäftspartner auf dem gewissen. selbstverständlich hatte er den mord nicht eigenhändig ausgeführt. repin war der mann fürs grobe gewesen. alles easy und auf dem kurzen dienstweg. und niemandem würde es gelingen eine gerichtsverwertbare verbindung zwischen solms und repin herzustellen, der von irgendwo gekommen war um seinen job zu erledigen und der längst wieder im irgendwo war, um seine gage zu genießen.

eine halbe stunde später betrat kieselbach sein dienstzimmer. sekunden nach ihm polterte minkner in die gute stube und das telefon rappelte.

„ich hätte da was total interessantes chef", begann der hauptwachtmeister während sein vorgesetzter zum hörer griff. „ehrlich. "

„kieselbach, alter schwede, was macht die kunst? wieso hört man nichts von der sturmerprobten entenpolizei? wann können wir unserer millionenfachen leserschaft den ´speichenmörder´ präsentieren? oder steckt hinter dieser grausigen bluttat das organisierte verbrechen? für morgen hätte ich noch eine komplette titelseite zur verfügung", plärrte attila honecker durch die leitung. „ich würde euch da total groß rausbringen. mit farbfotos und so weiter, das volle programm, absolut gratis und mit rabatt für den nächsten griff ins klo."

„ich hab gestern abend noch mal mit bräsemann konferiert", blubberte minkner dazwischen. „da hängt einiges schief, nicht nur das dach von dieser neuen hütte. ich werde mir den burschen gleich noch mal vorknöpfen."

„du knöpfst hier gar nichts, sondern besorgst mir sofort diesen smarten herr solms, live und in farbe, egal woher, ist das klar?" ordnete der dienststellenleiter an, nachdem er das telefon stumm geschaltet hatte.

„ich wollte ja nur helfen", maulte minkner.

„wenn solms hier umgehend auf der matte steht, dann ist das hilfe genug."

minkner verzog das gesicht, machte eine tiefe verbeugung, murmelte: „jawohl, effendi. dead or alive?" und verschwand.

„lebend und in einem stück", rief ihm der kommissar hinterher und hob die stummschaltung auf.

„und jetzt zu dir, honecker. pack von mir aus tengelmann auf deine titelseite, die leute sind scharf auf reklame, wir nicht. und wenn die laube steht, dann bläst die staatsanwaltschaft sofort zum großen halali, für alle, klar? danke für ihr herzbewegendes interesse." der dienststellenleiter knallte den hörer in die dockingstation und warf sich in seinen sessel. „sonst noch jemand, der mir ´n knopf an die backe quatschen will?" die tür ging auf und enderlein erschien.

„irgendwas im busch?"

„ich weiß wie die sache mit herold gelaufen ist", knurrte kieselbach, „bringt uns aber keinen millimeter weiter."

„na, dann lass mal hören", erklärte der kripochef.

zwanzig minuten später bugsierte minkner den kunsthändler in den raum, nickte kurz, murmelte: „bin zu bräsemann", und verschwand. viktor solms öffnete die beiden knöpfe seines maßgeschneiderten jackets und nahm auf einem der beiden normstühle vor kieselbachs schreibtisch platz, lächelte und schien die gelassenheit in person.

in kurzen zügen erläuterte kieselbach dem händler das, was er zum stand der ermittlungen wissen musste. solms hörte schweigend zu. selbst als der kommissar auf herolds doppelrolle bei der ganzen angelegenheit zu sprechen kam, zeigte viktor solms keine regung.

„wenn es also nach ihnen und canisius geht, dann bin ich auf platz eins in ihrer täter-hitliste", erklärte der kunsthändler mit einem süffisanten lächeln, nachdem kieselbach seine erläuterungen beendet hatte.

„ich bin sicher, sie werden uns gleich eines besseren belehren", antwortete kieselbach in der gleichen tonart.

„gewiss doch, verehrter herr kommissar", begann der feine herr. „das gesamte wochenende, inklusive tatzeit", dozierte der unternehmer, ohne besonders dazu aufgefordert werden zu müssen, „war ich eindeutig und lückenlos nachweisbar geschäftlich unterwegs, und zwar weit weg von hier, in düsseldorf, tagsüber in besprechungen mit einigen damen und herren des städtischen kulturausschusses und einer bevollmächtigten der landesregierung im rathaus. am abend stand dann oper auf dem programm, ´othello´, absolut empfehlenswert. meine frau und ich waren mit zwei freunden im haus, vom ersten bis zum letzten vorhang. namen und telephonnummern aller beteiligten stehen ihnen jederzeit zur verfügung. aber davon habe ich ihren mitarbeiter bereits in kenntnis gesetzt."

mit einer eleganten bewegung zog viktor solms einen schmalen terminplaner aus der innentasche seines tadellos sitzenden sakkos.

„geschenkt", erklärte kieselbach und verzichtete vorerst auf eine überprüfung der angaben. solms war für ihn nicht der mann, der sich mit plumpen lügen retten musste.

„nichtsdestoweniger wurden sie erpresst und zahlten genau so wie canisius an herold."

„wer sagt ihnen, dass herold tatsächlich der erpresser war?" konterte solms. „nur weil er plötzlich eine grippe hatte? lächerlich! ich denke, hunderttausende in der bundesrepublik lagen in diesem jahr schon mit grippe flach, von jetzt auf gleich." er schüttelte den kopf. „ich glaube nicht, dass derartige vermutungen vor gericht großen eindruck machen werden."

„außerdem", fuhr kieselbach unbeirrt fort, „hat doktor herold mit seinen aktionen ihr geschäft in ernsthafte schwierigkeiten gebracht."

viktor solms lächelte beinahe mitleidig und die augen hinter seiner seriösen goldrandbrille funkelten. er schien mit der situation als mordverdächtiger keine probleme zu haben.

„egal wie sie es drehen und wenden, herr kommissar, ich habe mit dem mord an doktor herold genau so viel zu tun wie sie, auch wenn ich, zugegebenermaßen, gründe gehabt hätte, diesen mord zu begehen. leider werden sie, verehrter herr kommissar, niemals ausreichend material zusammenbekommen, um mir diese sache tatsächlich in die schuhe schieben zu können."

„sie könnten den mord natürlich auch delegiert haben."

„natürlich. annonce genügt, und schon stehen die killer schlange."

„einer reicht."

„in der tat. und dieser killer des vertauens wohnt natürlich auch gleich um die ecke und arbeitet zu einem freundschaftspreis."

„warum nicht?" konterte der dienststellenleiter. „kennen sie einen herrn repin, alexander repin?"

der kunstverkäufer nickte. „ehemaliger mitarbeiter in unserem haus."

„mit reichlich krimineller vergangenheit, raub, schwere körperverletzung, und so weiter."

„aus diesem grund haben sich unsere wege getrennt, herr kommissar. ein tüchtiger mann, aber mit erheblichen anpassungsschwierigkeiten an unser rechtssystem und an, äh, unsere wertevorstellungen."

„hat es in der letzten zeit kontakte zwischen ihnen und herrn repin gegeben?"

„ach, daher weht der wind? sie glauben, repin hat herold in meinem auftrag beseitigt?"

„hat es in der letzten zeit kontakte zwischen ihnen und herrn repin gegeben?" wiederholte der kommissar.

„sie sind gut informiert." der händler verneigte sich andeutungsweise. „wir hatten in der tat vor einiger zeit kontakt."

„warum?"

„ganz einfach. repin hatte seine strafe abgesessen und war auf der suche nach einem job."

„und?"

„keine chance im moment. wir befinden uns in einer erheblichen umbruchphase."

„das heißt, bröker & solms wird sich in kürze nach düsseldorf verabschieden?"

das plötzliche erstaunen auf dem gesicht des unternehmers war echt. „und woher stammt diese weisheit?"

„es gehört zu unserem job immer einigermaßen auf dem laufenden zu sein", antwortete der kommissar.

„verstehe", antwortete solms. das süffisante lächeln auf seinem gesicht war verschwunden.

„sie haben herrn repin also keinerlei aufträge erteilt oder in aussicht gestellt?"

„er hat eine klare absage erhalten. wir benötigen im moment keine zusätzlichen arbeitskräfte, trotz umzug."

„kennen sie zufällig den aufenthaltsort von herrn repin?"

„keine ahnung." solms schüttelte den kopf. „er sprach davon, eventuell wieder zurück nach kasachstan zu gehen, falls er hier keinen job bekommt."

„wie praktisch", murmelte kieselbach und überlegte einen moment, ob er genug material in den händen hatte, um solms festzuhalten und dem untersuchungsrichter vorzuführen. aber mehr als einen unbeweisbaren anfangsverdacht gab seine sammlung nicht her. dabei war die sache insgesamt so klar wie trübe tinte.

„sie können gehen", erklärte der kommissar nach einer kurzen pause. „aber wir bleiben am ball. die angelegenheit mit den mirós haben wir schließlich auch geklärt."

„schön für sie", antwortete der kunsthändler.

„und im fall herold werden sich auch noch schlüssige beweise finden."

„na dann, waidmannsheil", antwortete der händler. er stand auf, strich krawatte und jacket glatt und verließ ohne weiteren gruß das nüchterne arbeitszimmer.

„alte klapperschlange", murmelte kieselbach.

„und wahrscheinlich nicht die geringste chance ihm eine urheberschaft nachzuweisen", fügte enderlein an, der sich die ganze zeit im hintergrund gehalten hatte. „weder am mord noch an dieser pleite mit den fälschungen."

„wird sich zeigen", brummte kieselbach. „auch solche typen wie solms sind nicht unfehlbar."

enderlein nickte. „wir sollten versuchen diesen herrn repin aufzutreiben."

„meine erste amtshandlung morgen“, erklärte der oberste wasserschützer. „für heute reicht's.“

minkners solo

schlecht gelaunt stapfte der kommissar eine halbe stunde später durch das breite treppenhaus der wache. gemeinsam mit enderlein hatte er beschlossen, den gebrauchten tag im babben zu beenden, draußen in der neu errichtenen, luftigen bierscheune. dass solms die wache als freier mann verlassen konnte, lag lukas kieselbach schwer im magen.

„hey, chef, moment mal.“ aufgeregt kam minkner über den halben kirchplatz gelaufen und fuchtelte wild mit beiden armen. „ich hätte da was“, keuchte er mit hochrotem kopf, als er vor seinem vorgesetzten stand.

„wir hätten da auch was“, antwortete der kommissar, „nämlich feierabend.“

„abhaken“, verkündete minkner wichtig. „ich hab was viel besseres.“

„wahrscheinlich unseren speichenmörder?“

„na ja“, begann minkner und wischte sich mit einem zerknüllten taschentuch einige satte schweißperlen von der stirn. „ich hab euch ja von bräsemann erzählt.“

„mehrfach“, antwortete kieselbach.

„also, bräsemann junior sollte wie gesagt das krämer-haus kriegen, hat ja schließlich jahrelang brav den hausmeister gemacht. die einbauküche war schon bestellt und dann hat plötzlich herold die hütte einkassiert. muss irgendwie über diesen schreckenberg von der guten stube erfahren haben. schlug dann bei den alten krämers auf und hat bräsemann locker und fett überboten. und die alten krämers haben abkassiert. wären ja auch doof gewesen, wenn nicht. hubert war natürlich stinkesauer. jahrelang den hampelmann gemacht und dann pustekuchen.“

„und zur belohnung hat herold ihn dann als facility manager behalten. hatten wir alles schon", antwortete kieselbach.

„stimmt, aber den rest noch nicht. jetzt geht nämlich der punk ab", erklärte minkner wichtig. „nach der pleite mit der luxusvilla hat sich hubert dann einen uralt-bunker andrehen lassen, am feuerwehrturm in lehde, gegenüber von koal, mit allen möglichen versprechungen, mündlich natürlich. nachdem er die bruchbude für anständig schotter gekauft hatte, kommt dann raus, dass er mit der alten grotte nichts anfangen darf, - totaler denkmalsschutz! von wegen garage, dusche, neue fenster und dachsanierung. das höchste der gefühle sind andere tapeten. dabei ist die gesamte hütte ein einziger verstoß gegen sämtliche bauvorschriften, da stimmt nix, weder deckenhöhe, isolation, elektrik oder abwasserentsorgung. spielt aber keine geige, soll ja eh keiner drin wohnen, in der herberge. bewohner machen nur ärger. am ende ist bräsemann durch die decke und wollte dem chef vom bauamt an die gurgel, ist aber vom hausmeister und zwei anderen knaben achtkantig an die luft gesetzt worden. der nächste volle griff ins klo. wird noch ´ne schicke anzeige gaben."

„shit happens", gab kieselbach zurück.

„stimmt." minkner nickte. „denn genau einen tag nach dieser pleite im rathaus lässt sich dieser feine doktor herold ausgerechnet von bräsemann nach leipe staken, zum großen sommerfest. mal eben ´ne prise landleben und folklore schnuppern, wenn man schon in der gegend wohnt. muss unterwegs dann voll schief gegangen sein."

„wie, schief gegangen?" kieselbach schwante böses.

„na ja, die beiden haben sich natürlich unterwegs voll in die wolle gekriegt wegen der krämer-villa und allgemein. und dieser doktor muss so richtig den vorstand gespielt haben. ich bin graf koks von der gasanstalt und alle anderen sind so doof wie zehn meter feldweg."

„sagt bräsemann?"

„genau."

„und weiter?"

minkner zuckte mit den achseln. „zuerst hat hubert auf durchzug geschaltet, aber irgendwann ist dann doch was im gehörgang stecken geblieben."

„na toll", knurrte der kommissar.

„hubert wollte dann umkehren, aber der bekloppte doktor hat auf seine exkursion bestanden, bezahlt ist bezahlt."

„na wunderbar."

„und oben am durchstich war dann ende im gelände. plötzlich hatte hubert diese dämliche fahrradspeiche in den händen. lag irgendwie hinten im kahn, - eine dämliche speiche."

„er hätte das ding nicht anpacken müssen."

„hat er aber", erklärte minkner.

„und zugestochen hat er auch?"

der hauptwachtmeister nickte. „leider. und sofort getroffen."

„und diesen ganzen quatsch hast du original von bräsemann?"

der hauptwachtmeister nickte. „live und in farbe. und sitzen tut er auch schon."

der kommissar blieb stehen und blickte seinen mitarbeiter wenig freundlich an. „mal ernsthaft, minkner, heute die falschen tabletten erwischt?"

der uniformierte schüttelte den kopf. „ne, alles total im grünen bereich."

„kann doch nicht wahr sein", fluchte kieselbach, machte auf dem absatz kehrt und stürmte in richtung wache.

„wie bist du ausgerechnet auf bräsemann gekommen?" erkundigte sich enderlein, der kieselbach laufen ließ.

„einfach so", antwortete minkner und zuckte mit den schultern. „bräsemann und ich kommen aus dem gleichen quark. gleiche kita, gleiche klasse, gleiche feten, zusammen im urlaub und so weiter. da kann man sich gegenseitig nicht mehr viel vormachen, auch wenn der andere jetzt bei der bullerei ist."

„hat bräsemann freiwillig ausgepackt?"

„so ziemlich, aber in raten", erklärte der hauptwachtmeister, „eine geschichte nach der anderen, von den beiden hütten bis zu dieser dämlichen gondelfahrt nach leipe, scheibchenweise. ich musste eigentlich nur warten."

„reife leistung, alter junge." hauptkommissar bert enderlein zog seine uniformmütze und nickte anerkennend.

bräsemann junior hockte in der selbstmordsicheren zelle und blickte die drei polizisten an wie ein schuljunge, den man ohne hausaufgaben erwischt hatte.

„du kannst doch nicht alle tassen im schrank haben, bräsemann", fauchte kieselbach. „da hätt´s doch ´ne ordentliche tracht prügel auch getan, oder´n besuch in der boxbude, du idiot."

„ich weiß", antwortete der verhaftete kleinlaut. „aber der typ hat mich zur weißglut gebracht mit seinem dummen gequatsche und seiner angeberei. bei diesem kerl klappt alles und mir haun´se ständig die tür vor der nase zu."

„dafür sieht deine nase aber noch ziemlich gerade aus, du schwachmat", polterte der kommissar. „hast ´ne eigene firma, ´ne eigene hütte, mindestens drei grundstücke im wald, fährst dicke autos und mopeds und fliegst zwei mal im jahr in urlaub. tür vor die nase sieht anders aus, junge!"

„mir sind einfach die nerven durchgegangen."

„super! keine nerven mehr, aber dafür die idee mit der speiche." kieselbach schüttelte den kopf. „weiß dein vater schon bescheid?"

„noch nicht." der festgenommene fasste sich mit beiden händen an die stirn. „der kam mit seiner aufgeweichten kapelle nach hause und war fix und fertig, weil er dachte die leiche geht auf seine kappe."

„da hättest du ihn ja wunderbar beruhigen können", erklärte der kommissar.

„ich glaub, der alte bringt mich um", murmelte bräsemann junior.

„wär ja mal was ganz neues", quakte minkner aus dem hintergrund.

spreewaldkrimis

von michael klein

* zu beziehen über den heimat-verlag luebben
tel. 03546 / 2483
www.spreewald-buecherkiste.de

nie mehr 2.liga

spreewaldkrimi nr.1

energie cottbus und sein überragender libero torsten grabow stehen unmittelbar vor dem wiederaufstieg in die 1.bundesliga; doch eines ist vor dem entscheidenden letzten spiel der saison schon klar, - torsten grabow, der star von ´energie´, wird, so oder so, nie mehr 2.liga spielen, denn er liegt mausetot in der spree.

kommissar kieselbach und die wasserschutzpolizei haben plötzlich ein echtes problem und müssen lernen, dass es sich bei erschossenen leichen nicht immer um mord, totschlag, selbstmord oder einen unfall handeln muss.

blindfische

spreewaldkrimi nr.2

ein ex-stasi offizier und neu-kapitalist treibt leblos durch die herbstliche wasserwelt, todesursache: bleivergiftung. - als täter in frage kommt ein ganzer ort, vom zeitungsausträger bis hin zum bürgermeister, und, für den spreewald eher untypisch, ein skilehrer.

die wasserschutzpolizei hat keine chance den fall abzugeben, denn feucht gewordene leichen sind ihr bier.

dumm gelaufen
spreewaldkrimi nr.3

ricardo sommer, spitzenturner aus der lausitz, arbeitet konzentriert an seiner karriere, denn ein sportlerleben ist kurz. dass es jedoch so kurz sein würde, war nicht nur für ihn eine überraschung. kommissar kieselbach und die wasserschutzpolizei dürfen einen fall lösen, bei dem ´dumm gelaufen´, von anfang bis ende, gnadenlos zutrifft.

spreewald roulette
spreewaldkrimi nr.4

großes internationales reitturnier in cottbus-sielow und ein kerngesunder pferdepfleger landet mitten im wassergraben – dummerweise mausetot. die ermittlungen der wasserschutzpolizei führen unter anderem nach england und zum erfolg. kommissar kieselbach löst ´versehentlich´ sogar zwei fälle – einen ladenhüter von scotland yard und seinen eigenen. aber die ergebnisse sind nicht ´funny´ sondern ´absolutely shocking´.

schwarzes eis*
spreewaldkrimi nr.5

endlich mal wieder ein jahrhundertwinter im spreewald. doch wilde nachfahren von räuber hotzenplotz und eine weihnachtsüberraschung von ganz oben vermiesen den lübbenauern das geschäft mit den eislaufhungrigen und scheuchen die wasserschutzpolizei aus dem winterschlaf. jetzt hat man einen fall an der backe, der zum himmel stinkt.

kieselbach lernt: räuber sind nicht immer böse und spreewälder haifische haben mit naturschutz nichts am hut.

künstlerpech
originalausgabe

veröffentlicht im heimat-verlag lübben
inh. andreas funke
lübben (spreewald), juli 2010

isbn 978-3-929600-38 4

1. auflage 2010

cover
gertrud bilsing / willi maußen
bilsing & maußen, bonn
&
heimat-verlag lübben

cover-illustration
´eisberg´
peter mueser, siegburg

sie finden uns im internet unter
www.spreewaldkrimi.de
und
www.heinz-michael-klein.de